吳子雲 著

六弄咖啡館

人生，像走在一條小巷中，每一弄都可能是另一個出口。
這家咖啡館不在某巷六弄裡，
卻是用來紀念一段充滿轉折的際遇……

－新版序－

對你，我有很複雜的情感

這個「你」是指《六弄咖啡館》。

二〇一二年在開會討論要把我的哪一本書拍成電影的時候，與會的夥伴加上我一共七票，最後《回程》一票（是我投的），《六弄》六票。

連得票數都是六，我相信它真的是命中註定。

我對六弄有很複雜的情感，但我不太容易解釋那複雜的情感源自什麼。

坦白說，我創作了許多的男女主角，即使個性各自不同，卻總有些重疊的地方，但關閔綠卻是很獨特的一個；相反的，蕭柏智損友兼兄弟的角色，在我的書裡很常出現，只是性格沒有蕭柏智這麼外顯。

我是不喜歡關閔綠的，這是實話。

因為那是最像我的角色，關閔綠的討人厭是我把自己討人厭的部分複製進去。

是的，其實我滿討人厭的。

我有很長一段時間對感情的觀念很糟糕，而且不知上進。

我常常會說出一些情緒勒索的話，例如：「我們已經多久沒見面了？」「妳連兩個小時的時間都不給我？」「我會在妳家樓下等到妳出現」之類的，讓跟我在一起的女孩子壓力很大。

而我以為這是愛的表現。真糟糕。

後來意識到原來這是不對的方法，我企圖把關係綁得很緊，其實會讓對方更想自由。

我覺得，因為關閔綠被我賜死，所以他得到了讀者的同情票。

但如果心蕊開一場講座，講述感情中她遭受的壓力，我覺得她的票數不會像現在這麼少。

或許你可以試著思考：「人都走了，卻請朋友幫我開了一間咖啡館，天啊！」後面那個「天啊！」可能有一半的人覺得感動，但另一半的人覺得恐怖。這時，關閔綠的票剩多少呢？

我會決定在六弄出版十多年後把阿智、心怡跟心蕊的後續補足，是想表達「感情的樣貌，其實只有戀愛當事人兩個人知道」，當時沒被說明的，或是沒人透露的，辛酸、快樂、苦辣、傷痛都只有兩個人知道。

而阿智、心怡和心蕊的心境，只有我知道。

知道世界上只有一個人知道的事，真的很寂寞，所以我瞞了十幾年，現在有機會、有勇氣說了。

寫阿智的那段，並不想改變你們什麼看法。

寫心蕊的那段也是。

因為你們是自由的你們，而我是六弄的我。

吳子雲　二〇二二年六月五日晚上十一點零四分於台北的家

—自序—

好久不見，你們好嗎？

久違了，你們。

我寫完《六弄咖啡館》的那個晚上，台北正在下雨，牆上的溫度計說氣溫是二十七度，時鐘說時間是凌晨兩點二十一分，我深深深深地吸了一口氣，然後用力把氣吐出來，用鍵盤打下「全文完」的同時，跟過去完成了十一本書時的情況不一樣，我竟然沒有「我終於又寫完一本書了」的興奮感，心裡反而有個聲音對我說：「嘿！恭喜你終於完成了啊！距離上一本《寂寞之歌》已經三百天了，這間咖啡館蓋得太久了吧。」

我還記得二〇〇三年六月時，我開始籌畫要在高雄開「橙色九月咖啡館」，一直到它完全完工、開始營業也只花了不到六十天的時間（這當中不包括找店面的一年多），但這本《六弄咖啡館》卻讓我蓋了三百天才蓋起來。

我想不出什麼原因，明明我並沒有太多的外務或是貪玩太多的時間，但這間咖啡館就是花了我三百天。

為什麼要寫《六弄咖啡館》？坦白說，我也不知道。這個故事的主要架構成形於一個天色陰暗、氣溫很低、又濕又冷的溫泉度假村裡的某個男湯，幾個臭男人圍在一起講一些五四三言不及義的東西，白色的毛巾摺了好幾摺之後擺在額頭上當當日本人，嘴巴裡三不五時就叼根香菸。

老甲煩惱自己的女朋友到現在還不想嫁給他；老乙說私房錢上星期被老婆從隔了好幾隔的櫥櫃夾層中找到了，現在命苦得要死，勸老甲還是別結婚得好；老丙說他的小孩快上幼稚園了，負擔加重真是煩惱。

聽完他們的嘮叨，我說了一個故事。我有個朋友，他是我的同梯，我們一起進新兵訓練中心，一起下同一個部隊。他退伍後一直一個人生活，女朋友也有，家人也都還在，只是他比較獨立，所以他堅持一個人到台中去工作。但他運氣不好，進了一家不太正常的公司。這家公司位在一棟商業大樓的九樓，那其實是一家詐騙公司，他一進去就掛主任頭銜，卻什麼事都不需要做。公司裡辦公桌至少有五十張，來上班的卻不到五個人，每張桌子都是空的，就算這位置有人坐，桌上也只不過是多擺了一具電話機。經理跟總經理每天都不知道在哪裡，總機小姐也只會上網看線上購物。至於他這個主任該做什麼工作呢？坦白說，他去上了五天班，五天裡連一件事情都沒做，連一通電話都沒接到。

然後事情發生了，一天傍晚接近下班時間，一群惡霸衝進公司，揚言要找他的總經理，這時全公司只有他跟總機小姐在，他告訴那些惡霸，說不知道總經理在哪裡，對方從來沒有進過公司，他連見都沒見過。一旁的總機小姐則是嚇得連話都不敢說。

惡霸把我朋友打了一頓之後，就把窗戶打開，然後把我朋友從九樓丟下去。

對，你們沒看錯，他們把我朋友從九樓丟下去。

一年半之後，我接到了這個朋友的電話，大約有兩年沒聯絡，他說他到台北來工作了，邀我一起喝杯咖啡。我以為他一直都過得還不錯，但我沒想到他曾遭遇這樣的事。

「九樓？」我相信我的眼睛一定瞪得很大，因為聽他訴說這件事時，我真的非常非常地驚訝，一是驚訝他為什麼這麼倒楣，二是驚訝他為什麼還活著。

「對，九樓。」他點點頭，笑著說。

「那你為什麼還活著？你確定你是人吧？」我還刻意摸一摸他，確定他是人。

「我當然是人。」他笑了一笑，「當時我掉在一輛大型的廂型車上，算是命大，也還好醫院就在附近，救護車很快就到了，不然我還是活不了。」

他後來把情況說了一遍。他說那群惡霸到底是來幹什麼的，他根本就不知道，除了猜測總經理跟那群惡霸之間可能有利益糾紛之外，沒有其他的方向可以猜測。而他接下來說的話真是讓我難以消化，他說，從九樓掉到一樓的速度，他沒辦法去回想，他只記得他被丟出來之後，就直接栽到車頂上了，而因為他用盡所有力氣繃緊自己的肌肉，加上某些身體危機反應的激素快速分泌，在砸上廂型車頂的那一剎那間，他全身都破了。

對，他全身都破了。身上大概有數十條撕裂傷，是身體裡的力量撐破皮膚造成的。然後他捲起他長袖襯衫的袖子，讓我看看他手上的好幾條疤，說：「這樣的疤，我背上有十幾條，全身加起來有五十多條。」

他一共縫了七百多針，嚴重的腦震盪讓他在醫院裡吐了三個星期，他全身有一半左右的肌腱是受傷的，必須經過復健才能回復肌理功能，他骨頭斷了幾根他也忘了，內出血併發腎衰竭幾乎要走他的小命。當這些難關都一一度過之後，他還得面對一種每天都要面對的痛苦：以一針兩孔（一進必有一出）來算，全身一共超過一千五百個針孔，在他每天麻藥退掉的時候，就像是有人拿刀在割傷口一樣地痛。

「但是我活過來了。」他說，「對於人生，我的看法改變了很多。」

聽完故事，老甲老乙老丙都安靜了，他們的表情告訴我，我說了一個讓他們感覺頭皮發麻的故事，但我也同時告訴他們，他們其實已經很幸福，比起很多人來說。

然後，我就莫名其妙地想起了《六弄咖啡館》這個故事的架構，在開車回家的路上，不停地建構起這個故事的樣子，然後我花了三百天來寫完它，一直到現在，我完成故事之後再來寫這一篇序，我還是不知道為什麼我朋友可怕的遭遇會讓我想寫《六弄咖啡館》。

痞子蔡在他的著作《孔雀森林》的自序裡提到：「通常序都是寫點感言或是關於內文的種

種。」然後他調侃自己，說他的序都寫得像小說。

這時我回頭看看自己這篇序，寫得像不像小說我不知道，但我可以確定的是，這根本就不像是《六弄咖啡館》的序。

不過，我覺得沒關係啦。我本來就是個寫小說的傢伙，所以我寫什麼東西都像小說也是很正常的，對吧？

好啦，讓你們等這麼久才有新作品問世，真是不好意思啦。《寂寞之歌》之後真的好久不見你們了。久違囉，我親愛的讀者朋友們，好好地享受《六弄咖啡館》的咖啡香吧！

吳子雲　二〇〇七年夏初於台北

歡迎光臨

六弄的老闆是個年輕人，男的。
大約三十歲吧。
六弄是店名，所以就叫作六弄咖啡館。
奇怪的是，店並不是開在某巷六弄裡，
它的地址甚至只有某巷某號，沒有某弄。
我也對這店名很好奇。

他說歡迎光臨的時候，是在我背後，
我不是被他嚇了一跳，只是沒想到，
竟然有人是在這個奇怪的位置歡迎客人的。
不是都該在客人的面前嗎？

「妳好，請坐啊！想喝什麼？」

「嗯……不……我……」

「現在可以煮的咖啡不多，先跟妳說聲抱歉喔。」

「嗯，沒關……」

「對了，喝咖啡最好什麼都別加，才叫作喝咖啡。」

「喔……」

「別擔心，我的咖啡不會讓妳睡不著的。」

「嗯……」

他就像個興奮的孩子，一張嘴停不下來，
我都還來不及回應他說的前一句話，
他就開始說下一句了。

那對我來說還是一個新的工作，即便我已經領過這家公司兩次薪水了。

每天上班打完卡之後，我就得走過三個彎，看到四個人，最後再經過一個擺著上千支廣告看板用的膠膜、千顏萬色的倉庫之後，才能到自己的位置上。而我放下包包之後的第一件事，就是走到傳真機旁邊收前一天晚上的傳真，那傳真機就像是古時候的鬼怪千山姥姥一樣，吐著很長很長、一圈一圈癱在地上的白色舌頭，對，就是癱在地上，畢竟傳真紙在地上是不會動的。

傳真上面會有許多的公司名稱、聯絡人電話、地址或是該公司的倉庫編號、需求產品型號，還有一句「請在某月某日之前寄到，謝謝」。

我必須把這一大堆傳真整理好，再走到電話答錄機旁邊按下答錄機的播放鍵，這時會聽到一些零售代理商的訂貨留言。他們的留言是有公式的，這個公式是這些零售代理商跟我們公司之間的約定。

舉例來說：

「我這裡是永昌〇一八四，我需要N三〇〇七、P六〇〇四、R二〇一三各一支，還有三〇一〇、九〇一〇平面鋁條各三組，鑲嵌器四支，請最慢在後天寄到。」

這就表示有一家叫永昌的零售商店，代號是〇一八四，它要N三〇〇七、P六〇〇四、R二〇一三的廣告膠膜各一支，還有長三十公分、寬十公分，以及長九十公分、寬十公分的平面鋁條各三組，三十條一捆為一組。至於鑲嵌器則是把鋁條固定在看板上的器具。而這家叫永昌的公司要在後天以前收到這些東西。

當我聽到這些訊息時，必須拿出一台像是PDA的小機器，快速地在上面記錄店家的需求，然後再拿到電腦旁邊，插上一條傳輸線，把我剛剛記錄的東西，從印表機裡印出來。

接著就是開始打單據的時間了。

我坐到自己的位置上，在這之前我會先泡好茉莉花茶，然後才面對螢幕，鍵入今天該出貨的貨單。通常這個程序會花費我三個小時的時間，因為我對產品還不是很熟悉，而且我的電腦常常當機。

打完單據之後，就是叫正在外面打來打去地玩追逐戰，或是蹲在一起抽菸講笑話的幾個小男生進來拿貨單。他們是公司的送貨員，平均年齡是十八到二十二歲，都是還在夜二技或夜二專就讀的小男生。他們會自己分配送貨範圍，通常最遠只會送到新竹，新竹以南就會叫貨運了。

下午則是我接電話、打電話向上游廠商訂貨，還有聯絡海運公司、空運公司，確定貨櫃及貨機到港時間的時候。

總之，我的工作很明顯地分成兩塊，第一塊就是把貨送給別人，第二塊就是叫別人把貨送給我。

看得出我在什麼公司工作了嗎？

廣告公司？嗯，不太對。

廣告用品公司？嗯，不盡正確。

廣告用品器材公司？嗯，還差一點。

廣告用品股份有限公司？我打你喔！

我們區總（他的職位是台灣區最大的）常說，我們公司可以說是廣告公司，也可以說是廣告用品公司，也可以說是廣告用品器材公司，但其實最適合的名字應該是「廣告相關萬有公司」。

他的意思是，只要是跟廣告有關的，我們都能提供服務。

那或許你會問：「報紙廣告呢？」沒問題，我們有代刊中心。

「雜誌廣告呢？」沒問題，我們有平面廣告設計師幫你處理，讓你刊登在雜誌上的廣告令人印象深刻。

「電視廣告呢？」沒問題，我們有自己的廣告公司，完整的團隊可以替你拍好廣告，敲定播出頻道及播出時間。

就連廣告顏料、廣告傳單、廣告牆出租等，只要有廣告二字，我們都能處理。

甚至連高速公路旁那種超大型看板都有好幾根是我們公司的。

不過，區總有附帶一提，除了廣告明星不能代為安排吃飯甚至上床以外，其他有關廣告的事都難不倒我們公司。

所以，我的部門只是公司裡非常微小的一塊，也是比較不賺錢的部門。但是，當跟我交接的那位大姊說我接管的所有貨品價值超過一億時，我就覺得這所謂比較不賺錢的部門，還真不是普通的貴啊。

發現六弄咖啡館的那天，我特別晚下班，原因是我在等一通海運公司的電話，他們搞錯了貨號及櫃號，把我們的貨送到日本去了。

我離開公司的時候已經是晚上接近十點了，這是我第一次這麼晚下班。其實我在公司的時候挺害怕的，因為離我最近的保全人員在至少八十公尺以外，而全公司只剩下我一個人。我去廁所的時候就一直有種周遭空氣變冷了的感覺，從廁所回來之後，還一度把窗外路燈照到樹之後，映在牆上的樹影看成一個人坐在牆上搖啊搖的，我不是一個很大膽的女孩子，那一秒鐘我全身發麻，就差那麼一點點，我就哭出來了。

我刻意把後面那台音響的聲音開大一點，然後盡可能不要去看那一面嚇到我的牆。

離開公司時，我還走過去跟保全人員說，不知道他們能不能幫忙，略微修剪辦公室外面枝葉茂盛的樹木。保全人員是個很憨厚的老實人，他說：「梁小姐，我只是一個保全，我不會園藝耶。」我一聽，差點昏倒在那裡。

搭捷運回家的時候，我還在微微地發抖，想著要打電話給在高雄的媽媽，問她能不能在下週我回家時帶我去收驚，然後，在打與不打之間，我一直猶豫著，就這樣猶豫到快到家。

如果不是平常走慣了的那條路，因為地下水道正在施工而封了路，我想，我永遠都不會知道六弄咖啡館開在我家後面的後面的後面那條巷子裡，那條巷子跟我家的巷子平行，是我不太可能會經過的地方，至少在我還不熟悉台北之前，我是不會走去那裡的。

我經過六弄的時候，還不知道那是一家咖啡館，因為它還沒有招牌，我是被它門前一隻可愛的小貓吸引了目光，正在考慮要不要把牠帶回家養的時候，才發現有一塊大概三十乘三十公分的木板釘在門的側邊，上頭寫著「六弄咖啡館」。

然後，我開始注意這間店的樣子，它的大門邊有個展示用的櫃子，櫃子裡除了一張裱了框的書法之外，什麼都沒有。

「牠叫作小綠。」有個男人的聲音從我背後傳來。

「啊？你說什麼？」我嚇了一跳。

「那隻貓啊，牠叫作小綠。」

「喔？小綠？」

「要進來坐嗎？」他推開玻璃門，轉頭問我。

「呃……我……」我還沒想好怎麼拒絕的時候，他又接著說了「歡迎光臨」。

「不好意思，剛剛我去巷口的便利商店買東西，因為地下水道施工封路，所以我繞了三條巷子，多花了一點時間，不然通常只要兩分鐘就能回來了。」

「嗯……」

「妳好，請坐啊！想喝什麼？」

「啊……不……我……」

「現在可以煮的咖啡不多，先跟妳說聲抱歉喔。」他站到一張靠近落地窗的桌子旁，拉開了椅子，我慢慢地坐下。

「嗯，沒關……」

「對了，喝咖啡最好什麼都別加，才叫作喝咖啡。」他走向吧台，回頭說著。

「喔……」

「別擔心，我的咖啡不會讓妳睡不著的。」在進吧台之前，他又跳出來說。

這時，我心裡只想著該怎麼離開這裡，但面對一個這麼熱情招呼你的老闆，我真的不知道該找什麼理由離開。

「嗯……喔……」我小小聲地回應著。

六弄咖啡館，不在六弄裡。

「記得我剛剛告訴過妳，現在能煮的咖啡並不多嗎？」他回頭看著我問。

「嗯，記得。」

「其實是因為我的店還沒開張，開幕日訂在下個星期六，現在還是我的前置作業期間，所以我並沒有太多的產品可以介紹給妳。」他站在吧台裡，手邊忙著拿東拿西的，偶爾抬起頭來看著我說話。「不過我這幾天試了幾種不同感覺的咖啡，再加進一些調味，我想妳應該會喜歡的。請問小姐貴姓？」

「……嗯……我姓梁。」

「梁小姐，平常有喝咖啡的習慣嗎？」他開了一爐小火煮著開水，但那爐火其實不小，瓦斯燃燒的轟轟聲非常清楚。

「偶爾，不過我喝得不多。」

「那麼，妳能接受黑咖啡嗎？」

「黑咖啡？」

「是啊。我剛剛跟妳說過，喝咖啡最好什麼都別加，才叫作喝咖啡啊！」

什麼都別加？那不是很苦嗎？

坦白說，我沒喝過完全不加糖跟奶精的咖啡，那一小灘黑色的水實在沒什麼魅力，得以誘惑我把它喝到肚子裡。在辦公室時，我比較常泡些花茶或純茶來喝，雖然我並不排斥重口味的咖啡，但也不常喝。平常在家，偶爾想來杯熱的飲品，打開櫃子也只有兩種選擇，不是麥片牛奶就是阿華田，咖啡的話也只有三合一的麥斯威爾。

「嗯，是吧……」我沒有直接表達我的習慣，只是輕聲地附和。

「所以妳要黑咖啡囉？」他輕一挑眉，問著，似乎因為我被說服了，而顯得有點高興。

「……所以你的意思是，你店裡現在沒有糖跟奶精囉？」我問。

他看了我一眼，笑出聲來，「不不不，不是的，妳誤會了，梁小姐，我是在介紹妳喝黑咖啡，不是在暗示妳，我的店裡現在沒糖沒奶精。」他摸了摸頭，「不過，妳的反應還真快啊。」

「不是我的反應快，」我吐了吐舌頭，「只是我沒喝過黑咖啡而已。所以……這表示你的店裡有糖跟奶精吧？」

「沒有。」他說。我感覺有好多隻烏鴉從頭上飛過去。

「看樣子，我得再一次跟妳說抱歉了，因為現在是前置作業期間，我還在聯絡廠商比價，很多東西都還沒送來，店裡只有我自己去買的一些咖啡豆，還有幾顆蘋果。如果妳真的不想試試黑咖啡，我切蘋果請妳吃吧。」

「沒關係，煮了就煮了，我可以喝喝看。」

這時水已經煮開，他在煮沸的開水上插上一個長相奇特的玻璃杯，那杯子上粗下細，粗的部分很胖，大概比細的部分胖了五到六倍。粗的部分放了已經磨好的咖啡粉，細的部分像根管子，用來連接下方盛著開水的圓形玻璃壺。

細管子插上圓形壺後，約莫過了兩三秒鐘，下方的水開始順著細管子往上流，於是在上方胖杯子裡的咖啡粉被頂了上去，然後他拿了一根像槳一樣的東西，在胖杯子裡前後旋轉著。

「我有幾個好奇的問題想請問你。」

「請說唄。」

「這是什麼杯？」我指著他正在使用的東西。

「這不是什麼杯，這是虹吸壺。」

「虹吸？哪個虹？哪個吸？」

「彩虹的虹，吸管的吸。日本人管它叫賽風。」

「賽風？賽車的賽，風車的風？」我開始對這些名詞感到興趣。

「其實那是翻譯名，英文是 Syphon，不一定要仔細地斟酌用什麼字才正確，不過妳說的也沒錯，確實是賽車的賽，風車的風。」

「為什麼要叫作虹吸呢？」我繼續問著，這時整間咖啡館已經瀰漫著濃濃的咖啡香。

「妳想知道？」他拿著那根像槳的東西，繼續翻攪咖啡的動作。

「嗯。」我點頭。

「很好，我也不知道。」

剛剛那群烏鴉又飛回來了。

「我的意思是，我不知道為什麼要取名虹吸，取名的人早就已經作古了，而且虹吸其實不是這種壺的真正名字，虹吸是一種物理現象，因為這個現象才發明這個煮法，這壺也才會被取名叫作虹吸壺。」他一邊說，一邊把已經煮好的咖啡慢慢地倒進杯子裡。

「那這煮法是誰發明的？」

「大概是在一百六十多年前，英國人從化學實驗用的試管中發現了這種方法。」

「那你知道原理嗎？」

「梁小姐，妳在考我嗎？」他的表情有些無奈。

「我只是好奇嘛。對了，還沒請問你貴姓大名？」

「我姓關，叫作閔綠。我的名字有點怪吧？」

「是還滿怪的。」

「妳怎麼沒有問我是哪個閔，哪個綠？」

「你不打算說嗎？我以為你自己會講。」

這時他端著兩個裝滿咖啡的杯子，從吧台裡走了出來，滿室的咖啡香依然瀰漫。

「閔是一個門，裡面一個文的閔，綠是綠色的綠。」

「喔？你支持民進黨？」

那群烏鴉又回來了，只是這次是被我叫回來的。

「梁小姐，妳冷了。」他放下杯子，將其中一杯咖啡移到我面前，然後拉了一張椅子，坐到我的對面。

「不好意思，不好意思。」

「要繼續虹吸的話題嗎？」

「好啊，我還沒聽完呢。剛剛我的問題是，你知道虹吸的原理嗎？」

「這是因為壓力不同，造成液體流動的現象。當兩端高度不同，壓力差會使得水自水面較高的一端，自動流向水面較低的水瓶，這種現象叫虹吸現象。剛剛我在虹吸壺的下方裝了水，而上方沒有水，經過加熱產生壓力差，下方的水就會開始往上面跑，把咖啡粉煮成咖啡。」

我聽完，腦筋有點轉不過來，「我不是很了解耶。」

他看了看我，再回頭看了看虹吸壺，然後端起他的咖啡，「反正，」他喝了一口咖啡，「水就是會跑上來，咖啡就是會煮好。」

「好吧，只能這樣囉。就算你再怎麼解釋，我可能還是不會懂。」

「黑咖啡要趁熱喝，先喝喝看吧。」他指著我眼前的這杯咖啡。

在我把視線放到那灘黑水之前，我注意到了杯子和杯盤。

杯盤上面有一片樹葉，但不是真的樹葉。那片樹葉是紫色的，但好像拋了些金色的亮粉在上面，再仔細一看，那樹葉像是被織進盤子裡一樣，一條條細細的線交叉結織成一片樹葉，那些線上面有著一片片非常細小的金色亮片。

再看了看杯子，杯子上面則是一朵白花，感覺一樣像是被織進去的。把杯子稍微旋轉一下，那朵白花的莖部就會跟杯子上的葉子連結。

「那是我非常喜歡的杯子之一。」他說。

「好漂亮啊！」

「也好貴啊！」

「這一個多少錢呢？」我好奇地問。

「妳先喝口咖啡吧。」他微笑著，「但是請小心，因為咖啡有油，會在最上層形成一層非常薄的油脂，蓋住大部分的熱煙，所以妳看那杯咖啡不太會冒煙，好像不是很燙，但其實是非常燙口的。」

我非常小心地喝了一口咖啡，苦感立刻就在嘴裡蔓延開來。

「好苦啊。」我吐了吐舌頭，皺著臉皮。

「妳的喝法不太正確。」他笑了一笑。

「還有喝法？」

「那當然，這是虹吸式咖啡的特色。」

「那你倒是說說看，虹吸式咖啡是什麼喝法？」

「下一集再說吧，這一集的篇幅夠多了。」他說完，又喝了一口咖啡。

「什、什麼？你說什麼下一集？」我一頭霧水的。

六弄咖啡館，有個怪老闆。

「虹吸式咖啡的喝法，不是把舌頭當作高速公路，一路直接把咖啡往喉嚨裡送，然後無情地吞下去。」他就像是一個在教導小學生的老師，「舌頭是妳跟咖啡溝通的最佳工具。」

「怎麼溝通？」

「喝下一小口咖啡，讓它停在舌頭上，用舌頭上下翻動嘴裡的咖啡，這是為了讓所有的味道都散開，然後妳會慢慢地發現，味道是有層次感的，有時先苦後澀，有時先澀後甘，這些層次感的先後取決於咖啡豆的烘焙程度，大多數的深焙咖啡豆，味道是先苦後澀，淺焙的豆子是先澀後苦，不過這不是絕對的定律，因為豆子的產地也具有決定性的影響。煮功好的人煮出來的咖啡會比水更稠，用舌頭翻動咖啡的時候就能感覺到稠密感。」

聽他說完之後，我照著他的話試了一次，我發現很燙的咖啡進到嘴裡，那溫度一下子就被接受了，我用舌頭開始拍打，真的有他說的比水還要稠的感覺，但我並沒有感覺到那味道的層次感，只覺得還是很苦，我想是我還無法分辨吧。

我放下手上的咖啡，「你是煮功好的人嗎？」我問。

「不是，但是我在慢慢變成煮功好的人。」他看了我一眼，笑了一下，「跟咖啡有良好的溝通，它會讓妳的口水都變成甜的。」

「那，像我這樣不懂得喝黑咖啡的人，最好先喝淺焙豆還是深焙豆呢？」

他回頭看了看自己的吧台，我隨著他的視線一同看過去，那裡有一包包疊起來的咖啡豆，

「我想，咖啡沒什麼入門款，找到自己喜歡的味道才是好選擇。」他這麼回答。

「這表示我要喝很多種黑咖啡，才能慢慢分辨自己的舌頭願意跟哪種咖啡長期溝通？」

「如果妳想開始喝咖啡的話，這可能是必須要走的路，但是，」他舉起右手的食指，像是話說到了重點，「這條路要花多久去走，完全由妳自己決定。」

這時，他的手機響了，他說了聲不好意思，便拿著手機往店外走去。

我放下手上的燙口咖啡，感覺自己的唾液漸漸地變甜，有一種喝完茶葉之後的回甘。

我環顧了一下四周，看了一下店裡的裝潢，簡單的橙色加上白色，所有朝外的部分都使用了玻璃，大量的玻璃。店裡的每一盞燈都是嵌進天花板的，雖然大小不一，但都透著同樣橙黃色的光，吧台與牆壁上掛了幾幅畫，吧台後方的開放櫃上擺滿了咖啡杯，而且每一個咖啡杯的花樣都不同。他所使用的桌子是白色的石材桌，配上高背的淺黃色椅子。

他講完電話，推門走進來時，我正在看著杯子。

「有看到喜歡的嗎？」他問。

「啊！不、不是，我只是在看這些杯子的花樣。」

「妳可以選擇一個，以後那就是妳的專用杯了。」

「專用杯？」我回頭，帶著疑問。

「是啊，我打算把常客的專用杯放置在吧台後面的這個開放櫃，這些專用杯是只有特定客人才可以使用的。」

「可是，這杯子很貴的不是嗎？」

「客人如果喜歡這裡，送他一個杯子也無妨啊。」

「打破了怎麼辦？」

「哈哈哈哈，」他笑了出來，「雖然我說是客人的專用杯，但客人也只能用，不能帶走，這還是我的財產，如果打破了，還是要賠的喔。」

「那我還是用普通的杯子就好，不必給我專用杯了。」

「其實，就算妳要專用杯，我也不知道該給妳哪一個，因為妳還不知道要喝哪種咖啡。」

「連杯子都有分？」我開始覺得自己真的是個咖啡白癡。

「有啊。妳想了解啊？這恐怕一下子說不完，咖啡杯種類大概有十多種，要說完恐怕天都亮了。」他指著外面的天。

「啊！對！現在幾點了？」

「嗯？」他看了一下手錶，「再二十分就十二點囉。」

「我想我該回家了。」

「沒關係，妳可以再坐一會兒，咖啡都還沒喝完呢。」

「說到咖啡，我還不知道你煮給我的是什麼咖啡呢。」

「啊？我沒說嗎？」

「沒有……」我瞇著眼睛看他。

「抱歉抱歉，我以為我已經告訴過妳了，剛剛那兩杯咖啡是同一種口味，都是曼特寧。」

「真是好苦的曼特寧……」

「曼特寧是標準的深焙咖啡豆，妳沒喝過黑咖啡，覺得苦是正常的。」

「不過，我現在覺得唾液的味道是甜的。」

「這就是黑咖啡的特性，回甘。」他有點驕傲地說，「也表示我煮得還算可以了。」

我從吧台走回位置上，他端來了一杯水給我。

「我有個好奇，但是不知道該不該問的問題。」

「妳請說，我再看看該不該答。」

我淺淺地笑了一笑，「開這樣一間咖啡館，要花多少錢啊？」

「妳是問，全部嗎？」

「嗯，全部。」

「包括店租嗎？」

「店租多少？」

「非常便宜，一萬塊。」

「一萬塊？」我好生驚訝，「怎麼可能？我住的地方都要租我八千了。」

「因為這是親戚的房子，我跟親戚租，他意思意思收一些而已。」

「原來如此。那這間店花了多少錢？」這依然是我最好奇的問題。

「兩百萬。」

「你真有錢啊。」

「不，我不有錢，而且花兩百萬在台北開一家咖啡館，其實算是非常便宜了，我在很多事情上都自己來，任何細節我都錙銖必較，盡量節省開業時的龐大開銷。」

「你本來是做什麼的？」

「我本來是個室內設計師。」

「不好賺嗎？」我很懷疑地問著，畢竟那是一個看起來滿賺錢的行業。

「不是不好賺，而是夢想總是每天催促著我從一成不變的昏迷生活中醒過來。」

「好像有很多人把開咖啡館當成夢想。」我回答。坦白說，我也曾經有過這樣的夢想。

「其實我也是孤注一擲。本來我是個單純的上班族，但是那樣的生活索然乏味，一點意思也沒有。」

「所以，開咖啡館有意思？」

「這得從很久以前說起。我的人生有幾個很重要的轉折，才會走到現在這一步。」

「轉折？你曾經混過黑道，現在放下屠刀重新做人嗎？」我開玩笑地問著。

「呵呵呵，不是啦，我不是像陳浩南那種古惑仔，有著很傳奇的人生。不過，我相信每個人的人生都有特別的故事，這些故事都有轉折，我想，那是比咖啡杯種類還要更複雜的。妳真的想知道我的轉折嗎？」

感覺時間已經接近十二點，「我明天還要上班……」

「如果妳要繼續留在這裡聽故事，我當然樂意把故事完整地告訴妳。」

「我很樂意聽故事，不過我不想聽完故事，明天黑著眼圈去上班。」我輕輕地笑著，「所以，我該回去了。」

「好啊，不過，隨時歡迎妳來喔，任何時候，我都可以告訴妳這些故事。」他也輕輕地笑了一笑。

他送我到了門口，說了聲再見，我要把曼特寧的錢給他，他卻說他連價格都還沒有訂好，等開幕的時候再跟我補收。

沒想到的是，當我回到家，整理好一切，躺到床上去之後……

黑咖啡開始發揮威力了。「我的天呀！」我縮進棉被裡，「讓我快點睡著啊！」我在被窩裡苦惱地說著。

然後，在深夜一點鐘，我輾轉難眠地坐在床上咬著下唇，望著牆上一秒一秒跳動著的時鐘，「既然睡不著，那去聽故事吧。」我在心裡這麼盤算著。

於是，我回到六弄咖啡館，那位闆老闆還站在吧台裡煮著咖啡。

推開門之後，「耶？妳怎麼又回來了？忘了東西嗎？」他一臉驚訝卻又帶著笑意地從吧台裡走出來。

「可能吧，」我笑著回答，「我剛剛在這裡弄丟了我的瞌睡蟲。」

他聽完，先是愣了一下，「哈哈！妳睡不著啊？」

「是啊，你的咖啡害慘我了。」

「真是對不起啊。」

「所以囉，你要賠償我。」

「怎麼賠償妳？」

「再來杯咖啡，然後把你的故事告訴我吧。」我說。

有時候，黑咖啡真的是熬夜良伴。

04

「妳打算蹺班了？」他看著我問，「妳明天要上班不是嗎？」

「並沒有蹺班的打算，」我笑了一笑，「但與其睡不著，在床上無聊地翻滾，我想還是來聽故事會比較有趣些。」

「如果故事不好聽呢？」

「那這杯咖啡就你請客吧。」

「如果故事好聽呢？」

「這不是應該的嗎？」

「好，我先把咖啡煮好，妳坐一下吧。」他拉開椅子，也就是我剛剛坐的同一個位置。

「還是一樣曼特寧嗎？」看著他走進吧台，我問。

「嗯……不了，我打算煮杯藍山。」

「說到藍山，我一直很好奇，為什麼要叫藍山？」

「因為產地的關係，真正的藍山咖啡都出產自牙買加藍山山脈。」

「那為什麼不煮曼特寧了呢？」

「因為我要說的第一個故事，有藍山的味道。」他在虹吸壺那一頭看了我一眼。

「藍山的味道？是什麼意思？藍山的味道又是怎麼樣的呢？」

「藍山的味道非常甘醇，而且真正的藍山咖啡只有虹吸式煮得出來，其他所有煮法都沒辦法煮出藍山的香甜。」

說著說著，像煮上一杯曼特寧一樣，他把磨好的咖啡粉放到虹吸上座去，而下座裡的開水正慢慢地要沸騰。

「所以第一個故事是個甘甜的故事？」我問。

「哈哈哈，」他大笑著，「梁小姐，妳認真了。我只是隨口說說，故事聽完了只有感覺，沒有味道的。」

「好吧，那你可以開始說第一個故事了。」我斜瞪了他一眼。

「那是我的第一次戀愛。」

「什麼時候？」

「高二。」

「嗯，你繼續說。」

「那得從我的名字開始說起。」

我是關閔綠

從小到大，一百個聽到我名字的人都會說：

「這名字好特別啊！」

然後大概會有七十個人再問：

「哪個閔？哪個綠呢？」

接下來大概只剩四十個人會再問：

「這名字有什麼含意嗎？」

最後，只有少少的十個人會好奇：

「這名字是誰取的？」

外婆取的。

關是關公的關，閔是悲天憫人的憫字去掉站心旁，綠是綠色的綠。

關是我母親的姓，所以我不是跟父姓，我的父親是誰，坦白說，我不知道。外婆對我說，我的母親是我父親最小的一個老婆時，我的嘴巴啊啊，張得大大的，完全合不起來，「那我爸爸有幾個老婆？」我嘴巴張得開開地問，但外婆只是回答我，「你不需要了解這件事情。」

我長大懂事了以後，外婆才告訴我，本來我的名字叫作關「憫」綠，是有站心旁的憫字，但因為有一天，某個算命仙摸著我的頭說，這孩子的名字多了個心字，此心不去，將來必為多心之人，所以憫就變成閔了。我其實不太明白到底什麼樣的人才叫作多心之人，多心的意思是表示會想很多或是顧慮很多嗎？

那個時候我高二，正暗戀著班上一個叫作李心蕊的女孩子，而心蕊有個好同學兼好姊妹，叫作蔡心怡。當時我在想，如果名字裡有多餘的心字，就表示那個人有多心的可能，那李心蕊跟蔡心怡怎麼辦？

「李心蕊，我想跟妳說一件事。」我拉住李心蕊的衣袖。

「什麼事？」

「我名字裡的閔字，以前有個站心旁，妳知道嗎？」

「我怎麼知道？」她的表情很明顯地就是一副「干我屁事」的樣子。

「沒關係沒關係，妳不知道沒關係，但妳一定要知道為什麼那個站心旁要去掉，改成閔字。」

「為什麼？」

「因為有個算命仙說，名字裡多了心字，將來長大了會多心，所以拿掉比較好。妳的名字有四個心字，回去最好快點拿掉。」

「拿掉？」

「對啊，四個心都拿掉，就變成李艸。」

這天之後，有好一陣子，李艸跟蔡台都不太理我。

其實我並不是很認真地建議她們改掉名字，我只是想找話題跟李心蕊聊天。而且我根本就不覺得名字裡面有個什麼字就會怎麼樣。如果真的都這樣的話，那名字裡有淼（音同秒）字的不就會被水淹死？名字裡有鑫字的都會很有錢？名字裡有猋（音同飆）字的家裡養了很多狗？名字裡有焱字（音同燕）的家裡不就會爆炸？

在我的觀念裡，名字就是一個方便別人叫你的稱呼，它代表你存在，或是曾經存在。不過，自從台灣的政治惡鬥愈趨嚴重之後，我很自然地被歸類為民進黨的支持者，只因為我名字裡有個綠字。

其實，我根本就不管政治怎麼鬥，我根本就不管顏色怎麼分。

我一出生就住在外婆家，在我有記憶的時候，外公就生病了，等到我會騎腳踏車上學時，外公就過世了。媽媽是個很平凡的女人，在一家出口商裡工作，我的爸爸就是這家出口商的老闆，我媽是他其中一個老婆，我是他很多孩子裡的一個。

不過，我真的不認識我爸爸，我也從來沒有住過他的大房子。說得直接一點，我是他在外面偷生的孩子。

因為法令的規定，我的媽媽不會有名分，只會有錢拿。所以我只能跟媽媽姓。

全班沒有人知道我的家世，包括所有的老師和導師，沒有人知道我是個私生子，除了阿智。

阿智是我最好的朋友，我們一起長大，一起念書，一起遊戲，一起追女孩子。

他是個有很多幻想的人，他幻想過要當總統，幻想過要當國防部長，幻想過要當警政署長，幻想過要當一個ＦＢＩ，幻想過要當一家公司的主管。

有沒有發現上面所有的幻想工作，一個比一個還要「小」了？因為他漸漸發現，要當總統比登天還難；當國防部長也差不多；當警政署長要命大，當警察的時候沒被歹徒打死，才可能有機會爬到那個位置；想當ＦＢＩ，首先得當個美國人，但很可惜的是，阿智是台灣人；當一家公司的主管看起來是他這輩子比較有可能實現的幻想。

有一次學校的國文模擬測驗，作文題目是「如果可以重來」，而阿智的這篇作文拿到了全班最高分。他寫說，如果可以重來，他想投胎當美國人，最好是個混血兒，混到英國血統（美英混血是有很大差別嗎？），最好爸爸是英國情報局的幹員，媽媽跟〇〇七女郎一樣漂亮，這麼一來，他長大就可以跟著爸爸學習，當個情報員，像〇〇七一樣帥氣。

因為他的幻想實在是「思慮周詳」，連住在美國哪裡都已經設想好了，只差沒有寫出地址而已。一大篇落落長三大張稿紙的作文，是他有史以來寫得最多的一次，於是老師在感動之餘給了他一句評語：「想像力豐富，彷彿明天就要重新投胎一樣。」

而我呢？

我在這篇作文裡，把自己搬到了李心蕊她家隔壁。如果可以重來，我希望她就是一個女的阿智，跟我一起長大，一起念書，一起遊戲，然後讓我追。

最後，我用紅筆寫了一行字，還特地框了起來：「老師，這篇作文請替我保密，我不想讓別人知道我喜歡李心蕊。」

這篇作文，我拿到全班第二高分，老師給我的評語是：「真情流露，單純又可愛。不親自告白真是太可惜了。」

就這樣，老師要我在上課時把作文唸一遍。「我沒有告訴別人，我依然替你保密啊！我只是讓全班同學欣賞好的作品。」老師說。

這時候會發生什麼情況，我想大家都應該可以想像得到。全班同學像發瘋了似的，不斷瘋狂地拍手叫好，甚至在唸完作文之後，該死的同學起鬨著，要我親手把作文送給李心蕊。

「把作文送她幹麼？直接叫她關嫂吧！」阿智這時跳出來大聲說。

我想，當時李心蕊的感覺應該跟我一樣，很想馬上自殺，死了算了。

但是，也不知道該不該謝謝老師，在我面紅耳赤地當著全班同學的面唸完作文之後，本來也把頭低到不能再低的李心蕊，在那天放學後叫住我。當時，我正在牽我的腳踏車。

「喂，關閔綠！」

「啊！呃……妳好啊，李艸……」即使到了這種時候，我還是試圖以玩笑化解尷尬。

如果可以重來，我希望可以從小就住妳家隔壁。

05

我還記得那天放學的天氣，天空的雲像是鋪在一張藍色大紙上的棉花，一條一條整齊地排列著，偶爾飛過的飛機拖出了長長的白煙，空氣爆炸的聲音從兩萬三千英尺的高空中傳到我的耳邊。

李心蕊叫住我的原因，其實不是為了那篇作文，而是她的腳踏車鏈條脫落了。我以為她被那篇作文深深地感動了，所以想在放學後跟我好好地說說話。但是當她指著腳踏車掉鏈的地方，然後面無表情地看著我時，我才知道我想太多了。

「靠夭……」這是我心裡的O.S.，我當然沒有說出來。

「怎麼了？」這才是從我嘴巴裡說出來的話，而且我感覺得到，這三個字我說得很沒溫度。

「腳踏車掉鏈了。」

「弄回去啊。」我試著裝作完全沒有發生作文告白的那件事，既冷漠又無情地說著。

「我不會。」她搖頭。

「那個很簡單啊。」我摸頭。

「你幫不幫？」

「幫了有沒有回報？」

她聽完，牽著掉鏈的腳踏車轉頭就走。

她轉頭的瞬間，我的世界一整個黑暗了起來，烏雲密佈之後立刻狂風暴雨，大雪紛飛之後，世界立刻結凍成冰。

「欸！」我叫她，她繼續走。

「欸欸！」我多叫了一聲，她還是繼續走。

「李心蕊！」我直接叫她的名字，她還是繼續走。

「我幫妳弄啦！」剛剛我刻意裝出來的無情完全失敗，徹底地舉白旗投降。

「不用了。」

「欸！不用回報啦。」我牽著腳踏車跟在她後面。

「不用了。」

「真的不用回報啦。我跟妳開玩笑的。」這時，我走在她的後面，距離大概是五公尺。

「不用了。」

「那妳就要這樣牽回家喔？」

「不行嗎？」

「可以啦，可是很遠啊，而且等一下不是要補習？」

「我可以去找別人幫我弄。」

「我我我！」我很用力地在她後面舉手，「我就是別人啊！」

「我要去找不用回報的別人幫我。」

「我我我！」我繼續用力地舉著手，「我就是那個不用回報的別人！」

「……」她沒有說話。

「欸！妳給個機會嘛！」我有點急了。

「剛剛給過你機會了。」

「再給一次？」

這時，她停下腳步，大概頓了五秒，然後轉過頭來，看著我說：「給了有沒有回報？」

我聽了，心中大喜，「有有有有有！有很多回報喔！」我開心地笑著說。

「哼，沒個性！」她拋下這句話，轉頭又繼續走。

「喂！妳幹麼這樣，好歹也聽完回報是什麼再選擇要不要走唄！」

「你可以說啊。」

「我可以請妳去吃剉冰！」衡量一下經濟狀況，我選了一個好負擔的。

「沒興趣，我敏感性牙齒。」

「那我請妳去吃牛排！」我強忍著零用錢可能會花個精光的痛苦。

「沒興趣，我不吃牛。」

「那我請妳去看電影！」這也是一項超級大的開銷。

「沒時間，我星期六日都要補習。」

這刀光劍影的對話令我覺得有些承受不了，於是，我停下自己的腳踏車，跑向前，一把把她拉開，放下車檔停好她的腳踏車。

「你幹麼？」

「幫妳把鏈子弄好啊。」我沒停下手，邊說邊弄。

「我沒有回報可以給你。」

「我剛剛說了，不用回報。」

不到十秒的時間，掉鏈的問題就解決了。我把車子還給她，然後走回我的腳踏車邊。

「那你剛剛說的，你要給我的回報算數嗎？」她停在原地，側臉看著我。夏天傍晚五點半的陽光是橙黃色的，均勻地鋪在她的臉上。

「吃冰嗎？」我說。

「對啊。」

「妳不是說妳敏感性牙齒？」

「那我可以選電影啊。」

「妳不是說妳沒時間？」

「所以，只剩下牛排可以選？」

「妳不是說妳不吃牛？」

「關閔綠！」她似乎又要生氣了。

「等等！等等！別又生氣了。」我試圖緩和一下，「妳要聽我說完。」

「你說啊！」

「因為妳敏感性牙齒，所以我不帶妳去吃剉冰；因為妳沒時間，所以我不帶妳去看電影；又因為妳不吃牛，所以我不帶妳去吃牛排。」

「這跟剛剛的話有什麼不一樣？」

「當然不一樣。因為我要帶妳去喝紅豆湯，就沒有敏感性牙齒的問題；然後再陪妳去圖書館念書，就不用擔心浪費了念書時間；最後請妳去夜市裡吃陽春麵，陽春麵裡總不會有牛肉了吧！這樣可以嗎？」我說。

她聽完，一臉笑意地回答：「我還沒答應你啊。」

「妳可以回家考慮一下，這麼好康、穩賺不賠的事情，應該可以接受吧？」

「再說囉。我要去補習了，再見！」說完，她就跳上腳踏車，一踩一踩地，身體一擺一擺地，愈騎愈遠。

我還在欣賞她的背影的同時，阿智不知道從哪裡冒出來，突然抱住我，「喔喔喔！有進展喔！」他大聲地嚷著。

「進你個屁！八字都還沒一撇！」我用力掙開他，在他肚子上補了一拳。

「剛剛看李心蕊笑得那麼開心的樣子，我想你跟她應該是有譜了。」他邊說邊在我的背上捶了兩拳。

「譜你個鳥！她哪裡笑得很開心？你眼殘是嗎？」我用右手用力地勒住他的脖子，「你根本不知道她有多任性！」

「她任性？」因為被勒住脖子，他的話摻雜著欲嘔的聲調。

「對啊。脾氣很差，開個玩笑而已，氣得七竅生煙。」

「那是你他媽的白目，該正經的時候，你跟人家開什麼玩笑？」他掙脫我的右手，然後把我的雙手扣到背後，再壓住我的背。

「我怎麼知道她開不起玩笑？」這句話我說得很用力，因為我被壓著背，弓著身體，肚子受到壓迫，「那只是個小玩笑而已。」

「說不定她只是想要你快點修好車鏈，然後陪她去補習班。」

「他媽的！我們一定得一邊玩摔角一邊說話嗎？」我再一次用力掙脫，然後用雙手扳住他的手臂，用力地往後拗。

「哇靠！」他大叫，「是你先玩的耶！」

「什麼我先玩？明明就是你一來就給我一招擒抱術！」我的話才剛說完，他又巧妙地掙脫了我。

「好了啦！別玩了，補習去了！」他說。

「是你自己找死來跟我玩的！」我嗆了回去。

在騎腳踏車去補習班的路上，我們依然一邊玩著摔角一邊騎車。

我不知道那背著我愈騎愈遠的李心蕊是不是有偷偷地笑著，但是，我很想告訴她，雖然我跟阿智邊騎車邊玩摔角，但我的表情，卻因為她而偷偷笑著。

希望妳也為了我，偷偷地笑著。

「好可愛啊！你們兩個！」我輕輕摀住嘴巴說。

「呵呵呵，不會啦，阿智一點都不可愛的。」關老闆微傾著頭，笑著。

「我是說你跟李心蕊小姐，不是你跟阿智先生。」

「喔……呵呵呵，我搞錯了。」

「沒關係。不過，有一點我很好奇，」我撥了撥頭髮，將之塞到耳後，「你跟李小姐之間的相處對話，一直以來都是這樣的嗎？」

「不不不，沒有。」關老闆急忙澄清，「在那之前，我們滿少說話的。」

「一直到你叫她李帅嗎？哈哈哈哈哈。」說著說著，我自己大笑了起來。從李心蕊到李帅的變化實在太大了。

「叫她李帅那時候，好像是我跟她的關係在最冰點的時候。」

「你這叫活該，誰要你亂改別人的名字。」

「我只是想找話題跟她說話嘛。」

「那你幫她修完腳踏車之後，你跟她之間發展得快嗎？」

「其實，什麼是發展得快，又怎樣才叫作慢，我一點頭緒都沒有耶。」關老闆點了一根菸，緩緩地把自己的身體側靠在椅子上。

說真的，我是真的一點頭緒都沒有。兩人之間關係發展的快慢，到底該怎麼定義呢？

修好腳踏車那天，我和李心蕊就各自去補習班了。我們補習的地點不一樣，補的科目也不相同。她的成績雖然跟我差不多，不過我們的強項不同，弱項也天差地遠。

她的數學很好，我則是比較擅長語文類。她在小的時候學過心算，於是有一陣子我很喜歡問她「58749＋25146×59－32674＋22124×21＝？」之類的問題，但因為出題目的我總是不知道答案，所以她後來也懶得再回答。

「反正你又不知道答案，說了你也不知道對不對。」她說。

因為強項不同，所以她選擇的補習班跟我選擇的便也不一樣，我只能在放學的時候，每天每天重複地獨自品嚐那種分離的滋味，偷偷地看著她牽出腳踏車，然後朝著跟我完全反方向的地方，愈騎愈遠，愈騎愈遠……然後，心就會碎得亂七八糟的。

好啦，對不起啦，我承認上面的「心就會碎得亂七八糟」是形容得太誇張了。不過，每天放學，我總有一種很不想現在就分開的感覺。雖然我們根本沒有在一起，甚至說不上同學感情好。

當年還沒有週休二日的制度，某一個星期六下午，我們才剛放學，因為學校的校慶跟園遊會就快到了，所以李心蕊陪著她的好朋友蔡心怡留在學校，製作一些園遊會要用到的大型海報。我也是到那天才知道李心蕊有繪畫的天分，只不過她的天分發揮得不太徹底，因為她只能畫出一些眼睛很大的浣熊、睡不著的貓頭鷹，或是眼睛跟雞蛋差不多大的奔跑的女孩。

「拜託，妳在這顆大太陽的旁邊畫隻貓頭鷹，是對還不對啊？」

「我覺得浣熊這種肉食性動物，應該不會像熊貓一樣坐在地上吃草吧？」

「心蕊，請妳原諒我的直接，但是，有話我就直說了……」蔡心怡拉著李心蕊的手，「我覺得這個奔跑的女孩畫得很生動，不過，她的眼睛跟她的頭所看的方向，都讓我覺得，她其實是個鬼。」

你們知道她怎麼畫嗎？就類似「囧rz」這樣，身體是側的，頭卻是面對觀眾的，加上大到不行的眼睛，一整個就像隻鬼。

她們幾個女生在畫畫的時候，我故意找了一個「留在學校念書」的理由，也跟著留下來。不過我還是不太敢過去跟她們打交道，雖然李心蕊似乎已經不太介意我把她的名字改成李艸，但是蔡心怡卻因為一堆男同學都叫她蔡台而痛恨我這個始作俑者。

在一旁看著她們製作海報時，我心裡一直很納悶，同學明明一致表決通過，園遊會當天，班上要販賣黑輪米血跟菜頭湯，那為什麼廣告海報上的內容跟這些商品毫無關係呢？不是只要簡單幾個字，再標上價格就好了嗎？

終於，在搞砸了六張海報紙、十多張的西卡紙跟雲彩紙之後，她們終於決定，只要寫幾個美術字，再標上價格就好。只是，為時已晚，所有的紙都已經被她們砸光了。

「我去買吧。」李心蕊拿著她的小零錢包，走出教室。我趁著其他人都不注意的時候，也跟著溜了出去。

「喂！走慢點！」跑了一段路之後，我在接近校門口的地方追上她。

「你幹麼跟來？」

「我陪妳去啊。」

「你不是留下來念書的嗎？怎麼可以亂跑？」

「我其實是無聊才留下來的。今天要等到晚上七點才補習，還有好幾個小時，而且我回家也只會亂晃。」

「家裡有冷氣吹啊，不是比較舒服嗎？」

這時，我很想跟她說，學校有妳可以看，比吹冷氣更舒服。

「你幹麼發呆不說話？」她歪著頭看我。

「沒事。妳要去哪裡買海報紙？我去騎腳踏車載妳吧。」

「不用了，我自己騎就可以了。」

「讓我載一次嘛。」

「為什麼一定要讓你載？我可以自己騎啊。」

「讓我載一次！就一次！」

「讓我自己騎，自己騎。」

「載一次！」

「我自己騎。」

「載一次！」

「我自己騎。」

「我們這樣繼續對話下去，編輯會罵作者浪費篇幅的。」

「啊？什麼？」

「沒！沒有！那我問妳一個很簡單的數學題好了，不過妳只有五秒鐘可以回答，如果妳答出來了，那妳就自己騎。」

「那是我的腳踏車，為什麼我要自己騎還要你允許？」

「不是允許問題，而是妳敢不敢接受挑戰的問題。」我故意使用激將法。

「我有什麼不敢的？只是你每次問我的問題，自己都不知道答案，我亂講你也不知道對不對啊。」她說。

「現在這題我知道。」

「好啊！你問。」

「聽好，」我捲起袖子，「一隻青蛙一張嘴，對吧？」

「對啊。」

「那四億七千七百二十五萬八千九百五十七隻青蛙有幾條腿？」

聽完，她立刻開始心算，「五、四、三……」我則是在一旁讀秒。

「二……」正當我要喊一的時候，她算出來了。

「答案是十九億九百零三萬五千八百二十八條腿。」

「錯！」

「錯？」她的表情像是吃了一驚。

「答案是十九億九百零三萬五千八百二十條腿。」我老神在在地說。

「怎麼可能？七乘四是二十八，最後一位數一定是八！」她有些氣惱。

「絕對不是八。」我說，還作勢輕輕地咳了幾聲，「因為其中有兩隻青蛙現在要一起騎腳踏車出去，所以要減八條。」

她聽完，追著我一直打，從學校綜合大樓的走廊打到穿堂，再從穿堂打到接近側門的腳踏車車棚，直到我跑到自己的腳踏車旁邊求饒，她才放過我。

「我的大小姐，我只是開玩笑嘛。」

「誰叫你耍我！」

「我沒有耍妳啊，而且妳也答錯了，就算妳不讓我載，那也是一樣有兩隻青蛙要騎腳踏車出去嘛，只不過是妳騎妳的，我騎我的而已……」

「誰跟你是青蛙？你才是青蛙！」

「好啦好啦，我是青蛙，我是青蛙。那妳要不要上車了？」我牽好車子，指了指腳踏車的鐵架後座。

她看了我一眼，再看一看後座，有些心不甘情不願地咬著下唇，這時有一小陣風吹過來，少許髮絲在她的眼眉之間飄著。

「那我要你騎很快。」她說，「是很快很快那種喔！」說完，她輕輕地坐上我的腳踏車。

「妳要我當人體摩托車引擎就對了？」

「對對對，至少要時速五十喔！」

「那要不要幫妳配點摩托車的引擎聲啊？」我問。

「好好好，再來點背景音樂吧！」

「這是什麼意思？要我唱歌兼配引擎聲？」

「對啊，最好再來杯冰涼的可樂！」她坐在我後面，雙手高舉，大聲地說著。

隔天是星期日，我們蹺了補習班的課，偷偷跑去吃紅豆湯跟陽春麵。那天我們本來不打算看電影的，但因為我猜拳輸了，只好賠她兩張電影票。

在電影院裡面，女孩子先是輕輕拉住男孩子的衣角，過了一段時間之後，又輕輕地抓住男孩子的手臂，再過一段時間之後，兩個人的肩膀是靠在一起的……說真的，我不知道這樣的過程是不是「我們在一起了」的宣示。

我只知道，我真的不認為這是所謂的發展快速。

因為這段過程中的每一秒，都像是千年的等待一樣。

因為這段過程中的每一秒，都像是千年的等待一樣。

07

我跟李心蕊曾經討論過一個問題，這個問題我從來沒想過，她卻已經研究得很透徹。

「你知道嗎，這世界上有一種人，他的存在讓你覺得心安，但有時他跟你的應對之間，會讓你汗如雨下。」李心蕊說話時的表情像是在說個鬼故事。

「妳可以……換種方式說嗎？」我摸摸臉，吐著舌頭。

「怎麼？不懂嗎？」

「不是，妳現在好像不是在跟我討論什麼，而是在跟我說一個恐怖的鬼故事。」

「你是說，我的敘述方式錯誤？」

「對，妳好像是在用描述恐怖片的方式講笑話。」

「我不是在說笑話，關閔綠。」

「我只是舉例嘛。」我舉起雙手，希望她能了解這個手勢表示要她別生氣。

「好吧。」她聳聳肩，「我再解釋一次。就是這世界上有一種人，他對每個人都一樣，他的存在對認識他的人來說是重要的，但有時他的表達或是與你的應對，會讓你倍感壓力。」

「來個例如好嗎？」

「麗如？那是誰？」

聽完我差點沒昏倒，「例如！例如！舉例的例，如果的如！」我好似歇斯底里地喊著。

「喔喔喔。」她則微微地紅了臉，「例如，你有個朋友叫小明，他跟你的感情很好，平常開玩笑玩在一起的時候，你根本就不覺得他是什麼嚴肅到不行的人。但是，有時候，當你做事有些錯誤或是觀念有些偏差時，他會立刻像變了一個人一樣地指責你。」

聽完，我想了一想，然後說，「這不是很正常嗎？」

「不不不，或許在以前的社會，這樣的人很正常，但現在時代不同了，人跟人相處，多少都會戴著面具，有時盲從附和，有時虛與委蛇，有時你的錯誤他連理都不理，就等著看你出糗或出事。」她很認真地說。

「我說，妳研究這個幹麼？」

「我對這樣的心理非常有興趣啊！」她像是找到一個很有趣的話題一樣地笑著，「你想想，這樣的人存在得多麼神奇！」

「神奇？」

「你想嘛，就拿阿智來說好了，你跟他感情很好，每天玩在一起，從小也一起長大，而且興趣幾乎都相同，但有一天，你因為某種錯誤或是某個觀念不正確，他把你罵了一頓，隔天看見他的時候，你敢用正眼看他嗎？」

「妳的意思是，朋友間的指責會傷感情？」我有些不解。

「不是！我的意思是不管是誰，總會有心眼小的時候！」

「這是妳們女生吧？」我說，「女生才會心眼小。舉個例子，當蔡台……啊！不，蔡心怡哪天罵了妳一頓，妳隔天就不敢去跟她說話了吧？反之也一樣啊，如果妳罵了她一頓，她也不敢來跟妳說話了。這是性別差距的問題，不是什麼心理問題。」

「不，這一定是心理問題，而且這樣的人還不多！」

「不多嗎？」我疑惑著。

「不多，所以值得研究。」

「妳對心理方面的東西有興趣？」

「嗯，是啊。」她笑了一笑，「就像你，你就不是這種人。」

「所以我不值得研究了？」

「你沒有研究價值。」她拍拍我的肩膀，下了這個結論。

李心蕊的手很美。

如果你要看她的手，最好站在她面前，離她五十公分，那是最佳的觀測點。像是某些流星雨路過地球的預測，總會有幾個地方是最佳的觀測位置。

這件事情，一直到很久以後我才告訴她。她說我變態，偷偷觀察別人，又在心底打上註記，像是個偷窺狂，仔仔細細地記錄著別人的特徵。不過，每個人都喜歡被誇獎，她當然也不例外。

我是在吃陽春麵的時候發現的，她的手真的很美。

當她用右手拿著筷子，左手的拇指與食指輕輕托住湯匙，那不矯揉做作的小指，從不像其他女孩一樣，會刻意地往上蹺。細白纖直的中指、無名指與小指，像上帝刻意捏出來的。她的指甲很長，但我指的是與手指頭相連的部分，而不是刻意留長的部分。

「妳彈鋼琴嗎？」我看著她的手，問著。

「彈過。」她似乎注意到我在凝視她的手，「怎麼了？」

「沒什麼，只是從妳的手指長度來看，覺得妳很適合彈鋼琴。」

「可惜我只有適合彈鋼琴的手，卻沒有彈鋼琴的天分。」

「學了很久？」

「嗯，其實不久，」她放下湯匙，搖搖頭，「大概一年，那是在我學心算之前。因為我的鋼琴一直學不好，大概是肢節動作有問題，所以我媽要我放棄鋼琴，學一點有利於念書的東西。」

「心算有利於念書？」我滿臉疑問。

「數學啊！反應啊！學習速度啊！」

「我以為心算只是有利於上菜市場買菜。」

「菜市場買菜帶計算機就好了。」她一臉受不了我的表情。

「妳小時候好像學過很多東西？」

「也不多，就鋼琴、心算跟舞蹈。」

「舞蹈？」我的眼睛一亮，「妳會跳舞？」

「怎麼？看不出來嗎？我沒有舞者的氣質？」

「不不不，不是，我只是沒想到妳竟然學過跳舞。那妳當時學的是什麼舞？」

「只有芭蕾。」

噗的一聲，我嘴裡的麵差點全往她臉上招呼去。

「關閔綠，你這是怎樣……」她的表情不太好看。

「對、對不起！對不起，我不是故意的……咳咳咳，我是嗆、嗆到，嗆到啦！」我故意乾咳幾聲，裝出有點痛苦的樣子。

「是嗎？」她瞪了我一眼，「你嗆到的時間還算得真準。」

「真的啦！」我再咳了幾聲，「我真的是嗆到啦！」

「姑且相信你這個壞蛋。」她說。低頭繼續吃她的陽春麵。

我知道舞蹈的話題不能再繼續下去，於是我話鋒一轉，問了她一句，「妳有什麼想念的學校或科系嗎？」

「幹麼問這個？」

「純粹無聊問問。」

「喔，」她頓了一下，然後說，「我想念電子。」

「電子系？」我又睜大了眼睛，「不會吧？」

「純粹無聊答答。」她冷冷地說。

我：「妳喜歡我？不會吧？」

她：「純粹無聊說說。」

「欸！」我放下筷子跟湯匙，「妳很沒意思耶，我很認真在問耶！」

「是你自己剛剛說你純粹無聊問問的。」

「我……」看著她的表情，我有些啞口無言。

她看我說不出話來，於是接著說：「你應該要誠實點。」

「誠實點？」我指著自己，「我應該要誠實點？」

「對。」她點頭。

「我？妳確定是我？」我繼續指著自己，「我一直都很誠實。」

「是嗎？」她抬頭看我，「讓我來說說你哪裡不誠實，好嗎？」

「好啊。」我看著她的眼睛，「妳說。」

「其實，你應該在幫我修腳踏車那天就告訴我，你想向我要的回報，就是像今天一樣跟你一起吃飯看電影。你也應該在陪我留在學校做海報的時候，就誠實地告訴我，你就是想陪我，而不是找什麼想留在學校念書這種笨理由。而剛剛，你明明就是想嘲笑我學過芭蕾，但你裝咳嗽的技術真的不太好。再來，你其實是想問我想考什麼學校或什麼科系，你就可以把目標鎖定在跟我一樣的學校，那麼以後我們就可以繼續同校至少四年，但是，你偏偏又找了一個無聊問問的爛理由。」

聽她說了一大串，我繼續啞口無言。

「你就是這麼一個不會說謊的人。」她繼續滔滔不絕，「你只要一說謊，我就可以看得出來。」

「妳在生氣嗎？」我小心翼翼地問著。

「沒有啊。」她笑了一笑，「你不要被我認真的表情嚇到了。」

「我確實是被妳嚇到了。」

「但我剛剛所說的也確實說對了，對吧？」

「對……」我不好意思地笑著。

「不過，你昨天有個表現值得鼓勵。」她說。

「什麼？」

「你想載我去買海報紙，你很直接而且誠實地告訴我，你要載我。」

「我本來還在想會不會太直接……」

「不過，那個青蛙問題還滿蠢的就是了，哈哈哈哈！」說完，她自己大笑了起來。

這天回到家，媽媽的臉色不太好，我靜靜地關上家門，外婆則是看了我一眼，然後繼續忙她的事。

「你去哪裡了？」媽媽問。顯然她已經知道我今天蹺了一整天的補習課。

「我……」我低下了頭，站在原地，本來想扯個謊，這時卻想起李心蕊說做什麼都要誠實，於是我回答：「我跟同學出去玩了。」

「玩？玩了些什麼？」

「看了場電影，吃了碗紅豆湯跟陽春麵。」我老實地招了。

「電影好看嗎？」媽媽的表情沒什麼變化。

「嗯，還不錯，緊張刺激。」

「那你有想過回家之後面對我會更緊張刺激嗎？」

「有。」我點頭。

「那下星期禁足如何？」媽媽站了起來，走到我旁邊，接過我的書包。

「可不可以下下星期再禁足？」我竟然白目地說了這句話。

「你說呢？」

「可以。」我竟然又白目地說了可以。

「好，那就下下星期禁足，再罰扣零用錢兩百塊。」媽媽說。果然道高一尺，魔高一丈。

我走回房間，關上門，拿起電話撥給李心蕊。

「喂。」

「嗯？」

「妳還好嗎？」

「我？我很好啊。」聽見我的問話，她回答的語氣像是有些驚訝。

「妳有沒有被罰？」

「罰什麼？」她問。

「罰禁足或是扣零用錢之類的。」

「沒有啊。怎麼了？」

「咦？補習班沒打電話到妳家嗎？」

「我跟你的補習班又不一樣，而且我有請假，可不像你是蹺課。」聽她的語氣，我可以想像她此刻必然是一臉悠哉的表情。

「妳個死孩子……」

「你罵誰？」

「沒沒沒，」我急忙撇清，「我是在說剛剛我媽罵我的話，她說我是死孩子。」

電話那頭的她大笑，「伯母真有智慧！」

「妳這麼樂幹麼？」

「聽到別人把本來要罵人的話再拿回去罵自己，感覺當然很樂。」

「……」

「你被禁足了？」

「嗯，而且還被扣了零用錢。」我的語氣明顯地失落。

「損失慘重喔。」

「是啊，都是妳害的，所以妳要賠償我。」

「賠償你什麼？」

我深呼吸一口氣，然後慢慢地說：「跟我說，妳今天跟我約會很快樂。」

「……」

「喂？」

「……」

「妳在嗎？」

「在啊。」

「那妳幹麼不說話？」

「因為我在想，我是不是該說這句話。」

「難道妳今天不快樂嗎？」

「不，不是。」

「那不然呢？」

「我習慣別人拿問題來問我，而不是告訴我答案要我說。」

「好，」我拿起整具電話，走到床上去，電話線像蛇一樣，在地板上移動著，「等我換個舒服的位置。」

「為什麼要換舒服的位置？」

「因為我要聽舒服的話啊。」我笑著說。電話那頭的她也笑了。

「李心蕊。」坐定之後，我叫了她一聲。

「嗯？」

「今天妳跟關閔綠出去，快樂嗎？」

「還不錯。」

「這是誠實的回答嗎？」

「算誠實了。」

「好，那妳覺得關閔綠人怎麼樣？」

「也還不錯。」

「這也是誠實的回答嗎？」

「算誠實了。」

「那妳覺得妳會喜歡他嗎？」

「看他的表現囉。」

「那妳今天在看電影的時候，拉住他的衣角，又抓住他的手臂，最後跟他靠在一起，感覺很好嗎？」

「嗯，還可以囉。」

「妳今天在吃陽春麵的時候，拉拉雜雜說了一大堆他的不誠實，感覺如何呢？」

「爽快！」

「最後一個問題。」

「嗯。」

「妳覺得關閔綠喜歡妳嗎？」

「不。」

「不？」電話這頭的我因為這個答案而有些驚訝。「為什麼這麼說？」

「因為他是非常非常非常非常喜歡我，而不是只有喜歡。」我感覺到，她嘴角一定偷偷地掛著笑容。

聽完，我感覺一陣難以形容的暖流，慢慢慢慢地滑過我的心底。

「妳還記得今天我問妳想念哪一所學校嗎？」

「嗯，記得。」

「其實，我想問妳的不是這個問題。」

「那你想問的是？」

「妳會想念我嗎？」

電話那頭的她輕輕地笑了一笑，然後說：「是的。從今天起，我會每天想念你。」

是的。從今天起，我會每天想念你。

說再見的時候

那天下午，雨很大，她看著叮噹的樣子，
像是失去了一個親人。

我沒有安慰過一個失去狗的人，
所以我只能跟她說：「別哭。」

她說，她跟叮噹已經認識十年了。
叮噹每天都會到她家的路口等她下課，
從來沒有一天缺席，就連生病也一樣。

聽她說完，我問著自己，

「我會不會在妳的生命中缺席呢？」

答案，很快就出現了。

「梁小姐，要不要再來一杯咖啡？」關老闆站起身，手指著我面前那杯已經快要見底的藍山。

「啊！」我看了他一眼，「嗯，好，不過，可以再給我一杯開水嗎？」

「好的。」他拿起我的咖啡杯，走向吧台。

「我覺得，你跟李心蕊小姐兩個人一定很合得來吧。」我躺回那大大的椅背上，微笑著說。

「怎麼說？」

「因為你們之間的感覺很好，像是在一起好久好久的戀人。」

「真的嗎？」關老闆笑了幾聲，「我自己都沒感覺耶。」

「後來呢？你跟李小姐兩個人怎麼了？」

關老闆停頓了幾秒，「她……」話裡帶著一些遲疑，「我跟她的緣分不太夠。」

「不太夠？」

「嗯，不太夠，我只能這麼說。」

「怎麼了？」看著他小心翼翼地把咖啡端到我面前，我輕聲問著。

他坐下，看了我一眼，然後拿起手中的藍山咖啡，繼續說了下去。

我跟李心蕊過了很快樂的一年，從高二到高三這一年，我們真的過得很開心。

雖然我們並沒有每天一起上學放學，但是在學校時，為了不讓同學們知道我們之間的發展，刻意掩飾兩個人是情人的關係，是一件很好玩的事。

阿智為了掩護我們，還當了好幾次把風的。我跟李心蕊為了在一起吃午飯，會各自拿著便當，若無其事地走到學校活動中心的地下室樓梯轉角處一起用餐，而阿智就必須很衰地坐在活動中心地下室的入口，替我們把風，不讓同學們下來。

這時候你可能會問，如果同學硬是要下去怎麼辦？

阿智總會有辦法。

「同學，不能下去喔，教官叫我在這裡看著，等等下面要噴消毒劑，禁止進出。」

對，這就是他想出來的辦法。

不過，他是個壞人，他恐嚇我一定要給他一點報酬，否則地下室要噴消毒劑的說法就會變成地下室有對姦夫淫婦在亂來。

所以，我一共欠他十二個便當、十七本漫畫，還有蔡心怡的房間電話號碼。

他為什麼會突然想追蔡心怡，我本來也是丈二金剛摸不著頭腦，直到好幾年之後，他才終於全盤托出這一段故事，我聽完當場下巴掉到地上。

「我覺得我有必要為這件事負責，」他認真地看著我，「因為我摸到蔡心怡的胸部。」

「怎麼摸到的？」天啊！我一整個好奇！

「你就別問了。」

「事情都過了這麼多年，你也就別再隱瞞了。」

他抬起頭看著天空，然後吐了一口氣，「高三那一年，有一次她的家人全都出門了，她一個人不敢睡，打電話給我，要我去陪她念書。」

「這……這……」我一整個不敢相信，「這太唬爛了吧？」

「我沒唬爛，我是說真的。」

「這根本就是A片的情節！」

他聽完，嘖了一聲，非常扼腕地說：「可惜！沒發生A片裡會發生的事。」

「所以，你去她家陪她，然後光明正大摸了她的胸部？」

「不是！我是不小心的！」他拚命解釋。

「不小心還那麼準喔？我怎麼都摸不到？」

「我真的是不小心的啦！」他死命地抓頭皮，「我也不知道她為什麼會突然間踢到自己家裡的桌腳跌倒啊。」

「那……」基於男性的本性，該問的問題還是得問一下，「感覺如何？」

「喂！」

「你就說說看嘛，造福一下男性讀者。」我說。

「什麼讀者啊？」他怪怪地看著我。

「沒事沒事！」我用力地搖搖手，「你就說說看嘛！」

「就……不算小……很柔軟……」

「哇！」我下意識地驚呼一聲。

「欸！關閔綠！」他叫了我一聲，「這是網路小說，不是色情小說，ＯＫ？」

「咦？」

故事回到我跟李心蕊的高二與高三，至於阿智跟蔡心怡的幸福，嗯……不干我的事。

因為很怕人言可畏，所以除了阿智，全班沒有人知道我跟李心蕊已經在一起了，就連蔡心怡也不知道。我們只能偷偷地抓住時間的尾巴，在她補完習，我也用最快的速度趕到她家附近時，珍惜那短短的十幾分鐘，在小公園裡牽著手一起散步。

我說過，她的手很美，所以每次我牽住她的手，都會有一種保護古蹟的心情，我不能太用力，也不能太輕。用力了古蹟會壞掉，太輕了我感覺不到她手中的柔軟。

高三那年，一個星期六的下午，本來約好要讓我送她去補習班的，她卻在我出發前半個小時打電話到我房間，電話那頭的她哭得泣不成聲，我心裡一急，馬上掛掉電話，趕到她家。

在路上，那豆粒般大的雨開始落下，我顧不得雨點打在臉上有多痛，也顧不得沒穿雨衣淋得一身濕，我只想要用我最快的速度去見到她。

才到她家的路口對面，我就看見幾個圍觀的人，他們撐著傘，替蹲在地上的那個女孩擋雨。

那個女孩不是別人，就是我的李心蕊。

我跑了過去，心裡一陣緊張。只見她抱著一隻狗，坐在地上放聲大哭。那隻狗體型不小，應該是隻黑色的台灣狼犬。

「叮噹啊！」她一邊哭泣一邊狂喊著。

「心蕊，妳先別哭，說不定還有救。」

「來不、來不及了啦！牠剛剛……一直、一直吐血，本來還會哀號幾聲，現在都不動了……」心蕊邊哭邊說。

這時有個路人插嘴，「有一輛開得很快的車，開在機車道上，可能雨太大了視線不清，直接就從小狗的正面撞上去，可惡的是，開車的人連下車都沒下車，就直接開走了。」

我從心蕊手上接過叮噹，用力把牠抱起來，「不管，我要帶牠去找醫生！」

我抱起叮噹，站在路邊，「叫計程車！心蕊，叫計程車！」

心蕊站在我旁邊，不停地對著經過的計程車揮手，有些計程車已經載客，有些則是停下車來，看見是兩個已經濕透的人外加一隻已經死掉的狗，就立刻揮手表示不載，然後很快地開走了。

雨依然繼續下著，心蕊依然繼續哭著。

這天，心蕊跟我都沒去補習。

坐在她家的沙發上，我的頭髮還在滴水，我的衣服已經被脫下來丟進洗衣機脫水，身上只剩下一條她拿給我的褲子。

「這是我爸爸的舊褲子，已經不穿了。」她說。

叮噹的屍體放在她家門外，屋外的雨勢絲毫沒有減弱。她坐在地上，雙手放在我的腿上，把頭靠在我的膝蓋，「我跟叮噹……已經認識十年了。」

她看著叮噹的樣子，像是失去了一個親人。這時，她的眼淚靜靜地流了下來，在我的膝頭上暈開。

我沒有安慰過一個失去狗的人，我只能跟她說：「別哭。」
她說，叮噹每天都會到路口等她下課，從來沒有缺席過，就算生病了也一樣。
看著她的眼睛，我不禁問自己，「我會不會在妳的生命中缺席呢？」
我的心裡，不停不停地這麼問著。

希望，我永遠都不會在妳的生命中缺席。

10

回到家之後，媽媽的臉色跟之前我蹺課時一樣難看。

「你今天去哪裡了？」媽媽問。

「同學家。」我回答。

「去同學家幹麼？」

「去拯救無辜的小動物。」

「小動物？」媽媽的眉頭一皺，「那你有沒有想過回家後怎麼拯救自己？」

「這次沒有。」

「那下個月都禁足如何？」媽媽站起身，拿了條毛巾給我。

「可不可以下下個月？」我果然是白目的。

「你說呢？」

「可……」我本來想說可以，但話沒說完，我就縮了回去，「我不知道。」

「幸好你沒說可以，」媽媽的表情很嚴肅，「否則你下個月和下下個月都別想出門了。你知不知道，距離聯考剩不到一百天了？」

「嗯，我知道……」我點點頭。

「知道就好。下個月禁足，你給我記得了。」轉身回房間之前，媽媽還轉頭警告我。

被禁足的感覺很難受，尤其你心裡一直想見一個人的時候。

當然，我每天都能見到李心蕊，但在學校的見面跟假日一起出去的見面是不一樣的，感覺天差地遠。

禁足是媽媽最嚴厲的懲罰，那表示我的回家時間不得有超過五分鐘的誤差，否則禁足的時間會加倍。我一直在爭取十分鐘的誤差，好讓我至少有那麼一點點的時間，能在放學後或補習之後，陪李心蕊走一段路。但是媽媽說，從學校和補習班回家的路上，會經過的紅綠燈並不太多，而且最多停個一分鐘左右，她多給了我五分鐘的時間，表示我就算停了五個紅綠燈，也可以準時到家。

課業已經重到不能再重下去了，民國六十五年出生的孩子就是比較倒楣。太多父母親希望在龍年生一個龍兒龍女，結果造成了該年聯考人數大爆炸，比以往的報考人數足足多了三萬多人。

我想很多人都看過電影裡面的某個畫面，從高處拍攝日本東京新宿區的大十字路口，那密密麻麻正在過馬路的人群，其實也不過五六百人。國片裡面，在成功嶺大操場集合一同升旗的一整個軍團，阿兵哥人數也不過才一萬多。

所以，你可以想像一下，平白無故多了三萬多人跟你搶一個入口，那會是一種什麼樣的災難呢？

「不要多想，念書就對了。」心蕊是這麼安慰我的。

「放棄啦！別念了！重考之年一片光明！」阿智是這麼安慰我的。不過我覺得這不太像是安慰，反而像是在找人一起下地獄。

我們導師在當時說過一段話：「以過去的資料分布來計算，將近十六萬的考生當中，大概會有九千人缺考一至兩門課，甚至全部缺考。再者，已經放棄、決定重考的考生大概有近兩萬人。這加減起來，今年的聯考人數，跟往年有什麼差別呢？就算有差別，也都不是重點了。當你一進到考場，坐到貼著自己准考證號碼的位置上，你的敵人就不是十六萬的考生，而是你自己。」

然後，在聯考前六十天，我跟李心蕊同時點頭，決定取消活動中心地下室的午餐約會。下課補習後的散步，當然也就必須跟著停止。我們都不希望在幾個月後的某一天，當我們其中一個已經是某所大學的新生時，另一個還留在家裡等著明年繼續跟自己的學弟妹爭奪那只有百分之三十左右的人才能拿到的大學入場券。

在這之後，李心蕊看著我的眼神，總是帶有一種說不清的深邃，像是有很多話想說，卻又不知道該如何說起。我曾經試圖在放學後偷一點時間跟她聊一聊，但是，這時的她總會滿臉笑容，一派自然地告訴我：「乖乖補習去，闗閔綠。」

她心裡在想什麼，我真的不太懂。

而阿智比之前更加認真念書，因為他其實不想重考，「我的家境可能沒辦法供我重考，或是就讀私立大學。」這是他的理由。

「那……」我從口袋裡拿出一張小紙條，「蔡心怡的房間電話，你還要不要？」

他看了紙條一眼，眨了眨眼睛，「替我保管一下吧，保管到聯考放榜之後。希望我能在放榜之後，打這支電話約她出來看電影。」

在聯考前的某一天，我打電話給李心蕊，那已經是接近十二點的深夜，我的歷史第四冊還沒念完。

「喂？」她接起電話。

「何謂產業革命？」我問。

「啊？」她愣了一下，「你打電話來考我歷史？」

「何謂產業革命？」我又問了一次。

「法國大革命推翻了神權君政和封建特權，確立了民主政治和社會平等的新理想。但這樣的革命對於人民的日常生活沒有直接的改變。另一種變動更大、影響更遠，但手段卻很和平的革命，就稱為產業革命。」

「好了，妳歷史一百分了，不用再念了。」

「……」

「剛剛那一題會考，妳要記下來。」

「我不是已經記下來了嗎？」

「好，那我再問妳……」

「欸！」她打斷我，「關閔綠，你睡不著是嗎？」

「不是。」

「那你為什麼這麼晚打電話來考人家歷史？」

「我其實不是想考妳歷史……」

「你其實是想我，對嗎？」電話那頭，她偷偷地小聲笑著。

「不是耶。」我故意逗她。

「那不然呢？」她的語氣變了。

「我不只是想妳，我還想聽妳的聲音。」我說。

「你愈來愈誠實了。」

「可是妳卻不是。」

電話裡的她沒說話，話筒那頭只傳來喀啦喀啦的聲響，很明顯的，她在變換講電話的角度。

「怎麼這麼說？」

「妳有話沒講，對嗎？」我直接地問。

「你怎麼判斷呢？」

「妳的大眼睛告訴我的。」

「我該挖掉它嗎？」她呵呵笑著。

「妳現在想說嗎？」

「其實，我有點害怕。」

「怕什麼？」

「怕我們……」她欲言又止。

「怕我們怎樣？」

「閔綠，」她深吸了一口氣，「我問你一個問題，你要誠實地回答我。」

「好。」

「如果我們不同校，或是我們當中有人沒考上，那麼，我們還會像現在一樣嗎？」

「會！」我斬釘截鐵地回答。

「你為什麼這麼有自信？」

「因為我不覺得我們會分開。」我說。

「你不怕我們考不上嗎？」

「不怕。」

「就算我們考上了，你不怕我們不同校嗎？」

「妳為什麼擔心這個？」

「距離是澆熄愛情的第一桶冷水，你不知道嗎？」

「我不知道，就算知道我也不怕。」

「為什麼呢？」

「我真應該叫妳李艸的，」我笑了一笑，「或是妳早該去改名字了，那麼妳就不會這麼多心。」

「幹麼這個時候還要消遣我？」

「我不是消遣妳，」我認真地說，「這時候的我應該扮演的角色，就是一個有信心的男朋友，這麼一來，我才能夠給妳信心。如果連我都沒有信心了，我們可能就真的沒辦法在一起了。」

說完，我們約莫沉默了十幾秒鐘，然後，她開口了。

「那，我們約定好一件事，好嗎？」

「妳說。」

「如果我們順利地考上同一所學校，或是學校在同一個縣市，那我們就去放煙火慶祝，好嗎？」

「好。」我接著說，「不過妳要先告訴我，妳想考哪一所學校，什麼科系。」

「如果我不說呢？」

「為什麼不說？」

「如果我們的將來不是刻意去湊在一起的，那樣的緣分才叫足夠，不是嗎？」電話那一頭的她，毫不考慮地這麼說著。

我說過了，我跟她，緣分不太夠。

11

女生在想什麼，我舉雙手發誓，我真的不是很了解。不，應該說，我根本就不了解，也不可能了解。

她所有的擔憂與恐懼都是因為害怕分開，但當有辦法解決分開的問題時，她又覺得這不是可以解決的方法。她不喜歡刻意湊起來的緣分，那麼，如果緣分刻意安排我們分開，那時候，她就可以欣然接受這樣的結果嗎？

在聯考之前，我時常想起這樣的問題，我甚至假設過兩地分離之後，我該怎麼解決這個問題：如果她在高雄我在台北，那我們要怎麼見面？該由誰移動？是她移動到台北嗎？還是我移動到高雄？如果把女孩子一個人搭車可能會有危險的因素考量進去，其實結論呼之欲出了……

就是我移動。

「那你就移動啊！」阿智說。當我跟阿智提起這個問題時，他看我的眼神像是在看一個杞人憂天得很嚴重的白癡，像是這個問題根本就不需要費心思多想答案一樣。

「不是，不是，你沒聽出我擔心的是什麼。」

「你擔心什麼？」

「錢。」

「錢？」

「對！就是錢。」

「你的意思是……擔心你沒錢坐車？」他思索了一下，才點出我真正考量的問題點。

「廢話！」我朝他手臂上轟了一下。

「那你就趁暑假去打工啊。」他也朝我的手臂上轟了一下。

「耶？」一語驚醒夢中人般，我提高了音調，「我怎麼沒想到？」說完，我再朝他胸口補了一拳。

「你他媽的白癡！」他罵了我一句，也朝我胸口補了一拳，「你自己算一算，假設一個月讓你賺一萬塊左右，兩個月就有兩萬塊，搭一次統聯，學生票才三百三，你可以搭六十幾次耶。」

「不就那麼剛好讓我找到工作喔？」我勒住他的脖子，緊緊的。

「你不找就永遠找不到啦！」他朝我的肚子重重地打了一拳。

「你星期天下課陪我去找！」我放開勒住他脖子的手，在他屁股上踢了一腳。

「我星期天要念書，你自己去找。」他也馬上還以顏色。

「我不管！」我在他背上打了兩拳，「不去的話，你今天就死定了！」

「誰會躺在地上還不知道呢！」他又打了我肚子兩拳。

正當我們打得不可開交時，李心蕊跟蔡心怡剛好經過我們旁邊，兩個人停下腳步看著我們，我們也停手看著她們，大約過了三秒鐘，她們說了兩個字……

「幼稚。」

說完她們就轉頭走開，留下面面相覷的我跟阿智。

從那天開始，我每天上學前都會到便利商店買一份報紙，趁著吃早餐的十幾分鐘，快速地翻閱求職欄，然後抄下幾個電話號碼，在下課的十分鐘裡，用學校的公共電話打去問。

不過，每次打去的對話總是像這樣：

「喂，你好，請問是不是在徵〇〇〇？」我說。

「對啊。」電話那頭說。

「那我方便過去應徵嗎？」我說。

「你聽起來很年輕，你幾歲啊？」電話那頭說。

「我再過幾個月滿十八。」我說。

「那很不好意思喔，我們不徵工讀生喔。」電話那頭說。

接下來就是說再見了。

有時候也會出現這樣的對話：

「喂，你好，請問是不是有在徵○○○？」我說。

「嗯，沒錯。」電話那頭說。

「那我方便過去應徵嗎？」我說。

「好啊，你幾點要來？」電話那頭說。

聽到這樣的回應，我欣喜若狂，「我可以晚上補完習之後再去嗎？」

「補習？」電話那頭的語氣顯得有些納悶，「補什麼習？」

「高三考大學的補習。」

然後就直接被掛電話了，他大概覺得我是打電話去亂的吧。

有一次通話令我非常地印象深刻，我打去應徵便當店的外送小弟，當電話一撥通，拿起電話的卻是一個大概才幾歲的小女生。

「你好，請問你要幾個便當？」她用稚氣的嫩音，一個字一個字地慢慢說著，非常有禮貌。

「小妹妹妳好，哥哥不要訂便當，哥哥要應徵工作，請問媽媽或爸爸在嗎？」我說。

「好，請你等一下。」她喀啦喀啦地放下電話，我還聽見她一步一步遠離電話機、下樓梯的聲音。這時我還在微笑著，這個小女生的聲音跟禮貌真是讓人感到舒服。

然後，上課鐘聲響了，表示十分鐘過了，電話再也沒有被人接起，我像尊雕像似的，站在公共電話旁邊傻等，太陽大得讓我想一箭把它射下來。我試著在下一節下課繼續打，電話卻始終佔線。我在猜，如果不是這家便當店的生意好到電話接不完，就是那個小妹妹在下樓梯的同時，忘了有一個還在等電話的大哥哥。

最後一次打電話應徵的經驗，好像是一家什麼國際有限公司，我把報紙拿給阿智看，他看完之後看了我一眼，說：「上班五小時？月薪四萬五？還有獎金分紅？哪有這麼好的事？」

基於好奇的心態，我們撥通了電話，電話是由一個聲音又低又粗，操著台灣國語的男人所接聽的。

「〇〇國際有限公司。」他說。

「你好，請問你們是不是在徵〇〇人員？」我說。

「有，你要不要來面試看看？」他說。

「現、現在？」我說。

「啊不然咧？要等冬天來喔？欸，你要搞清楚，很多人要我們這份工作咧！你想想，現在這種工作時間短，薪水又高又有分紅的公司有幾家？告訴你，大家搶破頭要進來咧！我可是把機會留給你，別說我沒照顧你。對啦，我叫正仔啦，你過來應徵的時候就說是正仔介紹的就對了，會有特別的優惠喔。」他劈里啪啦說了一大堆。

「找、找工作還有優惠喔？」我懷疑地問。

「怎麼沒有？」他繼續操著台灣國語的口音，「反正你快點來就對了，我留一個位置給你，等你啊，小子。」

「我可不可以先請問一下，你們的○○人員是幹麼的？」

「啊……」他語塞，似乎不太清楚應徵人員的工作內容。「哩但幾咧。」用台語說了一句要我等一下，他便放下了電話。

我拿著電話等待，大概過了十幾二十秒吧，然後聽到電話那頭傳來「幹你娘咧！快接電話，有人要應徵啦」。

因為我被嚇了一跳，手搗著話筒，身體抖了一下，阿智見我這樣，問：「他說什麼？」

「……」

「他說什麼啦？」

「他說幹你娘……」

我們互看了一眼，立刻把電話掛了。

就這樣進行了大概有一個月左右吧，老師發現了我在找工作的事情。

當時距離聯考只剩三天，天氣愈來愈熱，太陽愈來愈大。導師看見我抽屜裡的求職版報紙比課本還多，便在放學後，把我叫到導師室。

「你為什麼要找工作？」老師坐在他的位置上，我站在他的桌子前面。

「我……我想賺一點學費。」我心虛地回答。

「政府有助學貸款，你不需要現在就急著打工賺錢。」

「我不想貸款……」我依然心虛。

「應該說，你不想沒錢搭車吧。」

聽到老師這麼一說，我嚇了一跳，跟老師四目對望的剎那，我趕緊把視線移開。

「阿智都跟我說了。」老師的雙手交叉在胸前。

「喔……」我在心裡暗自咒罵阿智。

「你別罵他，」老師果然是老師，連我在心裡偷罵阿智他都算到了，「他也是擔心你才說的，他怕你為了找工作而忘了念書。當我在你的抽屜裡發現那麼多畫上紅線的求職報紙，我心想，在把你找來談一談之前，我得先問問你的好朋友，為什麼你要這麼做。」

「喔……」

「你的立意很好，是個善良，而且會疼女朋友的好男生。」老師拿起茶杯，喝了一口，「但是，事有輕重緩急，這時候你應該要認真念書，而不是找工作。」

「嗯……」我點點頭。

「關閔綠，剩下三天就要聯考了，學校的輔導課也只上到今天，剩下來的日子要靠你們自己努力。」

「嗯，我知道。」

「先把考試考好，其他的考完再說，好嗎？」

「好。」我又點點頭。

離開導師室之後，我回到教室，收好書包，便往停車棚走去。一方面因為現在只剩三年級在上課，另一方面也因為大部分的同學都已經離開了，所以車棚裡的腳踏車數量所剩無幾。

正當我牽了腳踏車準備離開時，我看見李心蕊一個人站在車棚的盡頭。我把車子騎向她，在她面前停下來。

「妳怎麼還沒去補習？」我輕聲詢問。

但她沒說話，只是怔怔地看著我。

「妳怎麼了？」我再問。

她依然沒說話，繼續怔怔地看著我。

約莫過了幾分鐘，她走向前，然後抱住我。

「你這個笨蛋！」把頭靠在我的胸前，她輕拍著我的肩膀。

妳才是笨蛋。

12

「她說的沒錯，你確實是笨蛋。」我用手掩著嘴巴，輕輕地笑著，「最重要的考試不去準備，竟然只顧著找工作，如果沒考上怎麼辦？」

「梁小姐，每個人都有年紀小的時候嘛，」關老闆不好意思地摸了摸頭，「總不可能都沒有糊塗的時候。」

「所以李心蕊小姐在停車棚抱住你的時候，已經知道你為了車錢在找工作了？」

「是的，她知道了。」關老闆點點頭。

「哇……」我羨慕著，「她一定很感動吧？」

「是感動嗎？」關老闆笑了出來，「感動的人應該不會罵人笨蛋才對呀。」

「是你自己討罵。」我指著關老闆，微笑調侃著。

當我問李心蕊為什麼要罵我笨蛋時，她的回答也是「是你自己討罵」。

這天，我們最後一次蹺了補習班的課。說是蹺課，但其實我們都知道今天補習班不會有課上了，只會有一堆考前猜題讓我們帶回家慢慢傷腦筋。

我曾經計算過，高中三年，補習班、學校，跟學校的輔導課加起來，每一科的每一冊至少都教了四次。而四是一個很神奇的數字，它代表著絕大多數的人都能在這樣的次數之下學會一個東西。

我對阿智說，蘇東坡的〈念奴嬌．赤壁懷古〉，我只唸四次就背起來了，他不信，我便背了一次給他聽。

「大江東去，浪淘盡，千古風流人物。故壘西邊，人道是，三國周郎赤壁。亂石崩雲，驚濤裂岸，捲起千堆雪；江山如畫，一時多少豪傑。遙想公瑾當年，小喬初嫁了，雄姿英發，羽扇綸巾，談笑間，強虜灰飛煙滅。故國神遊，多情應笑我，早生華發。人生如夢，一樽還酹江月。」一背完，我回頭看他一眼。

啪啪啪啪啪。他拍了拍手，然後不屑地說：「你背得很好，但是，我怎麼知道你是不是唸了四次就背起來？」

「我真的唸了四次就背起來了。」我說。

「好，那你把唐詩三百首唸四次，然後背給我聽。」

「唐詩三百首唐詩三百首唐詩三百首唐詩三百首……」

「首你媽啦！」他朝我腦袋打了下去，「你在白爛什麼啊？」

「是你自己胡鬧的，」我也回敬他一拳，「唐詩三百首，顧名思義就是有三百首，每一首唸四次，至少要唸一千兩百次才行啊。」

「那你唸啊。」

「我不跟你討論這個了，」我撥了撥頭髮，「跟你講這種有理論的事情都沒有結果。」

「講輸別人就來這套。」他哼哼地笑了兩聲。

「我講一個你一定不知道！」

「你講啊。」

「剛剛我唸的〈念奴嬌．赤壁懷古〉裡面，有一句『強虜灰飛煙滅』對吧？」

「嗯。」他點點頭。

「你知道，其實本來應該是『檣櫓』灰飛煙滅嗎？」我拿出紙筆，寫給他看。

「你唬爛！這是什麼字？」

「一樣啊。語音一樣啊。檣櫓就是指船隻，檣是帆柱，櫓是槳楫。檣櫓被拿來當作曹軍『強虜』的借代詞，所以後來才會變成強虜。」

他一臉半信半疑地看著我，「你怎麼知道？蘇東坡托夢給你嗎？」

「托你媽啦！」我朝他腦袋上打了一下，「不信就算了。」

我跟李心蕊最後一次蹺課，是真的蹺課了。她沒有打電話到補習班請假，我也照慣例沒考慮到回家會不會被媽媽打死。距離聯考只剩三天，我跟李心蕊在一起的時間，感覺好像也只剩下三天。

我先帶她到一家位在我補習班附近，專賣排餐跟義大利麵的餐館。老實說，我從來沒有去過這家店，進餐館之前，我還偷偷檢查了一下口袋裡的錢，還好，裡面的錢應該夠付這一頓。

服務生拿來了菜單，一人一本地放在我們面前，替我們的水杯加水直到七分滿後，說：「請先看一下，我等等再過來幫你們點餐。」說完，他就轉頭離開了。

「你有沒有覺得這個服務生……」我才剛要說，李心蕊就把話接了下去。

「很像張雨生？」

「對對對對對！」我點頭如搗蒜，坐在我對面的她也是。

接下來，我們就一直在討論張雨生的歌，說他的音高得不像人，說他的歌一點都不好唱，說他出唱片真的就是出唱片，因為他的歌沒幾個人能原音原 key 地唱上去。

我們完全忘了要看 Menu 這件事，直到張雨生走到我們面前。

「請問，要點餐了嗎？」張雨生開口詢問。

「可以點〈我的未來不是夢〉嗎？」一個不小心，我脫口而出。

「〈一天到晚游泳的魚〉比較好聽。」坐在對面的李心蕊接著說。

張雨生看了看我們，笑了一笑，「其實最好聽的是〈天天想你〉。」

他說完，我們三個人都笑了。不過笑歸笑，餐還是要點的。翻了翻 Menu 之後，我問了一個問題：「請問豬牛變色番茄肉醬義大利麵是什麼？」

「那是用四分豬肉六分牛肉碎片加上番茄醬和多種香料與蔬菜熬成的好醬，淋在麵條上面，還不錯吃喔。」

「那紅葉片片青醬羅勒義大利麵又是什麼？」李心蕊好奇地問著張雨生。

「青醬就是松子跟羅勒還有香料配製成的醬汁，比較適合台灣人的口味，紅葉片片其實就是培根片。」張雨生依然很有禮貌地解說著。

「好，那我們要黑胡椒牛排跟豬排各一份。」我說。

當張雨生拿走 Menu，離開我們桌邊的時候，李心蕊稍稍歪著頭，用她的大眼睛直視著我。

「幹麼？」我被看得有點不自在。

「你……你居然記得。」

「記得什麼？」

「記得我不吃牛。」

「喔？」我念頭一轉，「我不記得啊，牛排是點給妳的，我要吃豬排耶。」

其實，我怎麼會不記得？跟李心蕊在一起已經一年了，即使不知道彼此的生活習慣，某些動作與禁忌應該都是了解的。

「你在找工作的事，我很感動。」吃飯時，她這麼說。而我到現在還一直記得她說這句話的表情，像是在心疼什麼似的。

回到家之後，媽媽的表情照慣例一樣很難看。這次我被禁足兩個月，零用錢也直接少了兩個月。

「那我們只好暑假後再見囉。」電話的那頭，她說。

「我想我會受不了的。」

「誰叫你這麼愛蹺課？」

「妳今天蹺課沒事嗎？」

「我跟我爸爸說，我到補習班拿了考卷就去同學家一起研究了。」她詭譎地笑著。

「是啊是啊，」我接著說，「一起研究張雨生去了。」

說完，我們兩個都笑了。但在笑聲結束後，電話的那頭與這頭都突然安靜了下來。過沒多久，她說了一句：「閔綠，我們會分開嗎？」

「不會！」我明快且毫不猶豫地回答。

「那，我們放煙火的約定……」

「我們一定會去放煙火的！我明天就去買煙火！」

「明天買會不會太早？更何況你已經被禁足了。」

「那我兩個月之後去買！」

「那要去哪裡放煙火？」

「我們選一個夜晚，夜深人靜，四周空曠的地方，先來個仙女棒秀，再來個蝴蝶炮秀，然後再來個火樹開花，再來個……」

那天我到底說了多少個「再來個什麼什麼的」，我早就忘記了。

李心蕊只是靜靜地聽著，靜靜地，靜靜地，彷彿一個母親，看著孩子如何如何地口沫橫飛，如何如何地天馬行空，說著他的夢想。

放榜那天，同樣在電話的兩頭，我們的煙火秀，只能永遠記在心裡了。

心裡的煙火秀，為何不那麼絢爛奪目？

13

她考上了台北的學校，我則是錄取了高雄的大學。所謂的落點預測果然都只是預測，預測跟實際情況永遠不會相同。

我預測我的國文會有七、八十分，結果只有六十；我預測我的數學只有二十，結果卻多拿了二十分；我預測我的歷史絕對會及格，但是抱歉，只有四十五；我甚至很勇敢地預測我的英文一定有八十分以上，結果是八十減掉二十幾分。

跟我同考場但不同教室的阿智，每節考完都會出來找我，並且在考場大門口搶拿補習班的答案。我告訴他我的預測，他說：「根本不需要預測，當你已經全力以赴去考試了，剩下的都是命運決定。」

他難得認真地說話，不料卻一語成讖。所謂的預測只是預先的猜測，答案老天爺會告訴你。

老天爺把我擺到高雄，把李心蕊擺到台北，把阿智擺到台中，把蔡心怡擺到花蓮。

當我苦惱著我找不到打工的工作時，阿智拍了拍我的肩膀，問我「四個點能變成什麼圖形」。

「四邊形，而四邊形種類不少……」我不太用心地回應著。

「錯。是三角形。」他說。

「怎麼可能是三角形？」

「台北、台中、高雄三點都在西邊，連成一條線，而『我的』蔡心怡在花蓮，她就是那個鈍角的點，連接台北跟高雄，所以四點也能變成三角形。」他得意地解釋著，表情像是一個數學家發現一套驚世的理論般驕傲。當他說出「我的」蔡心怡時，還格外用力地強調「我的」兩個字。

「喔，隨便。」我依然無心聽他唬爛。

放榜之後隔兩天，我就拿著寫有蔡心怡房間電話號碼的紙條，騎上腳踏車到阿智家。因為我還在禁足，所以我出門的理由是去剪頭髮。

阿智的爸爸是個頭髮半白，但身體非常強壯的老爹，我們都叫他智爹，他是個蔬果菜中間商，也就是直接面對菜農的那一端。我以前問過阿智，像他們這種中間商買蔬菜水果，是不是可以拿到全台灣最便宜的價位？他給我的答案是：

「錯！」他伸出食指指著我。

「錯？那不然呢？你們都直接面對菜農了。」我不太明白為什麼我的推論錯誤。

「所以菜農拿菜才是全台灣最便宜！」他認真地說明。

「媽的廢話！」我也認真地扁了他一頓。

阿智他們家的蔬菜水果多到讓你看到就飽了。他常在課餘時替他爸爸整理一些沒被批完的蔬果，偶爾他會跟我說：「回去叫你媽媽快點買一些花菜或高麗菜，多買一點起來放，後天要漲價囉。」

當我騎車到阿智家時，智爹剛開著他的載菜大貨車回來，我常常覺得智爹的大貨車很帥，他刻意去烤成橙紅色的車頭，還用毛筆在門邊寫上自己的名字，這讓他的大貨車幾乎是全台灣獨一無二。更屌的是，他在貨車的後斗，請廣告商用所謂的希德紙貼了一句話：「養家活口工具，偷走死你全家。」

所以阿智說，他們家的大貨車就叫作「死你全家號」。

智爹從車上跳下來時，我正好在停腳踏車，他叼著他最愛的長壽菸，走過來拍拍我的肩膀，用台語對我說：「愈來愈帥囉，小子！」

我有點不好意思地搖搖頭，阿智則走過來說，智爹的老花眼愈來愈嚴重了。

我把蔡心怡的房間電話號碼遞給阿智，他接了過去，愣了幾秒鐘，然後看著我。

「你覺得，我打去要跟她說什麼？」他問。

「看你啊。」

「我不知道要跟她說什麼，而且她應該不知道這電話是你給我的吧？」

「嗯，她應該不知道，這是心蕊告訴我的。」

「那我打去要不要先解釋這個？」

「看你啊。」

「你覺得她會原諒我偷問她的電話嗎？」

「我不知道。」我搖搖頭。

「你覺得她會答應跟我去看電影嗎？」

「我不知道。」我又搖搖頭。

「你覺得，我該告訴她我喜歡她嗎？」

「我也不知道。」我繼續搖搖頭。

「你覺得，她會喜歡我嗎？」

「我想不會。」我還是搖搖頭。

「你覺得，你欠扁嗎？」

「一點都不。」我依然搖搖頭。

照慣例，我們又打架了。打了一架之後，我要阿智幫我剪頭髮。阿智問為什麼，於是我把禁足的事告訴他，他非常感動地說：「啊！這真是太感動了！被禁足了還記得要把電話號碼拿來給我，你簡直就是把我的幸福放在心底最深處啊！」

於是，他答應我，一定會幫我剪得好看一點。

其實，我只是希望他幫我略微修剪，讓我的頭髮看起來有修過的痕跡，回家才不會被抓包。但這個手腳傷殘的白癡，竟把我的頭髮剪得亂七八糟。

「咦？為什麼剪花菜的剪刀剪不斷頭髮呢？」他一邊剪一邊問。

我在心裡暗喊一聲不妙，接著就發現我的頭髮像是被狗啃過一樣。

從阿智家離開之後，我騎著腳踏車，飛也似地到了李心蕊家，這時他們家沒人在，我便留了一樣東西在她家院子的第五根欄杆後面，用一塊石頭壓著。

這天晚上，阿智鼓起勇氣打電話給蔡心怡，這通電話為時十秒鐘。

「喂？」蔡心怡接起電話。

「喂。」阿智冷靜地喂了一聲。

「你誰？」蔡心怡問。

「我阿智。」他說。

「你怎麼知道我房間電話？」蔡心怡驚訝地問。

「因為我是神，我猜得到。」阿智自以為帥氣。

「是喔？那你猜不猜得到我現在要幹麼？」蔡心怡冷冷地說。

「妳要掛我電話。」

「對，你果然是神。」接著就是喀啦一聲，然後就嘟——

我想，不管是哪個女孩子都沒辦法理解阿智的幽默感。

阿智打電話給蔡心怡的同時，我正在跟李心蕊講電話。對於我們即將要分隔三百六十公里這件事，她有點難以接受。

我們在電話裡刻意避免討論到以後如何見面的事情，兩個人說的，大都是日常瑣事，還有她最近生理期的腹痛有愈來愈嚴重的趨勢。

「妳知道嗎？」電話這頭我說，「我現在的頭髮爆難看。」

「為什麼？」

當我把事情經過告訴她，她笑到停不下來。

「對了，除了被剪了一顆爛頭之外，我今天還去了妳家。」

「耶？」她非常驚訝，「什麼時候？」

「妳家沒人，我想妳也出門了吧。」

「是啊，我陪我媽出去買東西了。」

「我留了一樣東西在妳家。」

「留了東西在我家？」又是一陣驚訝的聲音，「你怎麼潛進來的？你是小偷嗎？」

「妳聽過小偷留東西給別人的嗎？」

「你留在哪裡？」

「在你們家院子，從左邊數過來第五根欄杆，我用石頭壓著。」

「那是什麼？」她好奇地問。

「妳去拿來看就知道了。」

然後，我就掛了電話去洗澡。在洗澡的時候，從鏡子裡看見我的爛頭，不禁潸然淚下、涕泗縱橫。

洗完澡之後，我接到李心蕊打來的電話，「我愛你。」她說，這是她第一次對我說這三個字。

而我第一次跟她說「我愛妳」，卻是在兩年後。

當時，我很想告訴她「我也是」，但我有點緊張，也有點興奮，兩種情緒相衝擊之下，我竟然忘了要回應。

留在她家院子裡，從左邊數來第五根欄杆的石頭下的東西，是一張紙。

寫在上面的不是蔡心怡的電話號碼，而是一首歌。

當我佇立在窗前，你愈走愈遠，我的每一次心跳，你是否聽見。

當我徘徊在深夜，你在我心田，你的每一句誓言，迴盪在耳邊。

隱隱約約，閃動的雙眼，藏著你的羞怯，加深我的思念，
兩顆心的交界，你一定會看見，只要你願意走向前。
天天想你，天天問自己，到什麼時候才能告訴你？
天天想你，天天守住一顆心，把我最好的愛留給你。

〈天天想你〉作詞：陳樂融　作曲：陳志遠　主唱：張雨生

天天想妳，天天守住一顆心，把我最好的愛留給妳。

「那真的很令人感動，」我輕輕撫摸自己的眼角，「我想，沒有幾個女孩子可以抵擋這樣的浪漫。」

「妳是說，抄一張歌詞放在女生家叫作浪漫？」關老闆的表情顯得相當困惑。

「不是抄的動作，而是這件事的一整個舉動、動機，還有用心的程度。」我試著解釋清楚。

「但那並不難啊。」

「是啊，浪漫並不難啊！」我稍稍提高了一點音調，「偏偏你們男人做得到的太少了。既然不難，為何不做？這就是我們女人想不透的。」

說到這裡，關老闆大概不知道該怎麼辯下去，「要再來一點咖啡嗎？」他像是要轉移話題似的。

「不了，你只是在轉移話題而已。」

「啊？不不不，梁小姐妳誤會了。」關老闆看了我一眼，急忙解釋著，「不過，那大概是我這輩子做過的幾件浪漫的事情之一吧。」

「在這之後呢？你們分開了之後。」我繼續問著故事的發展。

「在這之後啊……」他把「啊」字拖長了音，「能容我點上一根菸嗎？」看了我一眼，他從口袋裡拿出一包菸。

「可以，」我點點頭，「這是你的店啊。」

他又從另一個口袋拿出打火機，點燃了菸，白煙瞬間瀰漫開來。

「我只能說，說再見的感覺，很難過。」

三百六十公里的距離，還真的不是普通遠。

我記得國中的時候，有一次參加校外的學術競賽，而我參加的項目是演講。本來要參加演講比賽的不是我，而是我們班班長，他是個有點大舌頭、內心脆弱，連外表也軟弱的男生，不過因為成績非常好，所以老師選他當班長。

很不幸地，班長在比賽前一天長了水痘，打電話向老師說抱歉。然後他出現在我家門口，抬起一張滿是水痘和淚痕的臉，對我說：「小『利』，你一定要贏喔……」

小利？這是在叫誰啊？我心裡是這麼想的，不過後來想一想，原來他是要叫我小綠，因為嚴重哽咽，所以發音不標準。

「贏？」我一頭霧水，「贏啥？」

「演講比『帶』啊！」

「喔？演講比賽啊。不過，贏演講比賽干我屁事？」

「因為我『檔嘴痘』，所以我跟老『斯』請假了，老『斯』要我推薦一個同學幫我比『帶』，我說你很會唬爛，演講一定沒問題，所以老『斯』要我來跟你說，你明天替我比『帶』。」

「幹！」我以為這是我心裡的暗罵，卻下意識地脫口而出。

他一聽，本來已經淚眼汪汪、滿臉淚痕的表情立刻揪了起來，然後哭得更大聲，「小『利』，你怎麼可以罵我幹……哇！」

「不是不是不是，」我連忙安慰他，「我是要說幹什麼這麼客氣，我明天一定全力以赴啦！哈哈哈哈……」

「真的嗎？」他眨了眨眼睛，又掉出好幾顆眼淚，然後他很開心地將之一把抹去，也抹破了幾顆水痘。他破涕為笑地對我點點頭說謝謝後轉身離去，我只能看著他遠去的背影，心裡繼續罵幹。

隔天的演講臨場抽題，我抽到什麼題目我也忘了，總之，當我在台上演講時，台下其他學校的參賽同學都非常開心地看著我，他們的眼神讓我覺得，他們心裡一定正想著：「我至少贏這個蠢蛋了吧？」

其實演講成績如何，我根本一點都不在乎，倒是那天早上的雞蛋三明治好像有點問題，我在台上的時候，肚子像是有把大火在底下沸騰的鍋子，我的屁股開始有火山要爆發的感覺。為了阻止這樣的感覺再繼續延燒下去，於是我開始在講台上走來走去，還一邊指天指地地揮動雙手。

結果我得了最佳台風獎，評審老師的評語是「台風穩健，會利用走位與手勢來強調演講內容，動作幅度非常適當」。

這天，我真的拉了一天，拉到比賽結束了，頒獎也結束了，我還在廁所裡。帶我們去比賽的老師大概也習慣了我常不在座位上而把我忘了，他居然直接帶著比賽同學回學校，把我留在距離學校至少有七公里遠的市立圖書館總館演講廳。

於是，我順著記憶，走了兩個多小時，終於回到學校。

當我把這件事告訴李心蕊時，她笑到腰都拉不直，雖然我臉上還是掛著笑臉，但我心裡其實在說：「妳沒有發現嗎？親愛的，七公里的路，就已經遠得讓我難以想像了。」

所以，三百六十公里的距離，會怎麼撕扯我們之間的感情呢？

我禁足解禁的那一天，剛好就是李心蕊要到台北的那天。在這之前，我們只能靠著房間裡的電話一解相思之苦。

確定要分開的日子一天一天愈來愈近，誰都知道逃避沒有用，我卻還是呆呆笨笨地在自己的桌曆上畫掉那一天，彷彿這麼做，時間就會跳過那離別的日子。

「我爸爸在○月○號要帶我上台北，順便幫我搬行李，他說要陪我一起去開學。」李心蕊在電話那頭說，我只是「嗯」地應了一聲。

「那你呢？」她問。

「我在妳走了之後才要去買車票。」我說。

「喔……」她用氣音應了一聲喔。

這關乎分離的話題，我們通常只說了幾句就不會再繼續。面對這樣的事情，我們都不是行家。

她要出發到台北的那天早上，拿了一份早餐來給我，「恭喜你今天要解禁囉。」她看著我，笑著這麼說。

「這是什麼？」我指著早餐。

「這是我自己做的。」她把手背在後面，歪著頭微笑看我。

「真的嗎？」我好驚訝，「妳會下廚啊？」

「那當然！」她驕傲地抬頭挺胸。

我把早餐打開一看，裡面只有四顆荷包蛋。

「妳這早餐真是做得……太精緻了！」我裝出開心的模樣，眼睛刻意散發光芒。

「真的嗎？那下次我再做蛋餅跟蛋花湯給你。」

「呃……這就不用了。」

這天，我們一句再見都沒說，不過我自己知道，這不說再見的感覺比說再見還要痛苦。她叮嚀我，安頓好之後的第一時間就要跟她聯絡，然後留下宿舍的電話。臨走前還交代我，一定要帶足衣服，一些日常生活用得到的藥品也要隨身準備著。

她離開我家時，臉上是笑著的，但我不知道當她轉過頭去，在一個人騎著腳踏車回家的路上，眼睛裡是不是跟我一樣有些濕濕的。

阿智倒是提早了兩個星期到台中去，他先寄住在親戚家，親戚幫他找了一個打工的工作，是在室內設計師的工作室裡當助手。

他說，智爹的下游菜商大概有一半都欠了至少兩個月的菜錢，阿智的學費幾乎要繳不出來。

但他跟蔡心怡的感情依然進展得非常不順利，聽阿智說，兩個星期前，他打了第二通電話給蔡心怡，卻聽到吃麵的聲音。

「喂？」蔡心怡接起電話，然後就發出「速速速速」的聲音。

阿智愣了一下，「好吃嗎？」

「你誰？」蔡心怡問。
「我阿智。」
「你要幹麼？」
「我要跟妳說，我過兩天就要去台中了。」
「喔，拜拜。」
「妳……沒什麼話要跟我說嗎？」
「什麼話？」
「類似保重啊，照顧身體之類的。」
「喔，保重，照顧身體。」蔡心怡說完，又發出「速速速」的聲音。
「妳到花蓮也要保重，照顧身體喔！」阿智很熱情地回應。
沒想到電話那邊傳來「媽！這麵妳煮得太鹹了啦」，蔡心怡根本沒在聽他說。
後來阿智對我說：「我如果再打電話給蔡心怡，以後你就叫我俗辣智吧！」

阿智隔天又打電話來說：

「幹！我一整個晚上睡不著，一直夢見『速速速速』的聲音。」

蕭柏智

從我家出發，往右拐兩個彎就可以到他家。
以小學生的步伐來算，大概三百步。
每秒走兩步的話，只要兩分半鐘。

可是從他家出發，卻只要四秒就可以到我家。
他曾經唬爛我說：「其實我家有一隻小叮噹。」
只花四秒鐘就可以到我家，
是因為他擁有小叮噹的任意門。

後來我才想通，為什麼他到我家的時候，
從不是按電鈴，而是敲我的房間玻璃窗。

因為他家在我家的正後方，中間有條溝巷。

那溝很窄，所以那溝巷沒人會走。

他在他的窗戶外放了條竹梯子，

直接跨到我房間的窗戶上。

「你不怕摔下去嗎？」我擔心地問。

「我是未來的總統，所以我還不會死。」這是他的回答。

跟阿智比較親近的時候，已經是國中了。因為念的是同一所國小，所以其實我小學就認識他了，只是不太熟。

但說實在的，孩提時期也沒什麼熟跟不熟的問題，只要你們住在同一個小區域裡，只要你很自然地走過來加入遊戲的行列，大概只花五分鐘，你就是這群孩子的一份子了。我們小時候住的是集合型的住宅，幾乎那個區域裡的所有孩子都是玩伴，年紀多則相差八歲左右，年紀大的就是孩子王，孩子王說什麼做什麼都像是偶像一樣，如果你學不會，同儕的壓力就會讓你覺得顏面盡失。

民國七十四年左右，八歲大男孩子最愛玩的東西，除了把女孩子的芭比娃娃拿來拆掉左腳跟右腳然後對換再裝回去，讓它看起來像是外八很嚴重的畸形之外，就是打彈珠了。

我記得我們那個時候的孩子王是個資優生，他不太會打彈珠，只會玩一些樂器，還有陪女生跳格子。有時候我們在討論科學小飛俠時，他會跟我們說一些我們聽不懂的東西，類似「well」、「OK! I see!」、「Fine!」、「Oh! That's good!」之類的玩意兒。

「什麼是 I see？」阿智跟我好奇地問。

「I see 就是我了解的意思。」他說。

「那『哩企細』呢？」我們用台語說著「你去死」，藉此消遣他。

「你們很無聊！」他氣紅了雙頰。

他看我們在拆芭比娃娃的大腿時會出手拯救，所以女孩子都喜歡跟他玩，女孩子說他很聰明，又乖又懂事。但他的一切看在我跟阿智眼裡，只覺得他是個很娘的臭男生。

別以為我們會因此而欺負他，因為他其實也不太敢來跟我們玩，每次看見我們一大群孩子圍成一圈在打彈珠，他都只會在旁邊看。當我們邀他一起玩的時候，他會搖搖頭，然後說：「我媽媽不准我買彈珠。」

有一天，孩子王要被送到國外去了，其實這在我們那一區早就不是新聞。他一直以來都是他們家的寶貝，受最好的教育、補最多習、會最多東西、頭腦最好。

在孩子王搭上他們家的轎車之前，我、阿智，還有其他的玩伴都在看著，看他跟他父母忙進忙出地搬著一箱一箱行李，還有他最擅長的小提琴。

現在想一想，當時看著他的阿智，眼裡所透露出來的訊息，全都是羨慕。

是的，阿智一直羨慕著孩子王，雖然我們早就已經忘了他叫什麼名字。阿智羨慕孩子王有一個好家庭、有受過高等教育的爸媽、家裡有不錯的經濟能力、學的東西都是別人難以企及的。

回頭想想，會發現，阿智其實很喜歡聽孩子王在練習小提琴時的聲音，他曾經因為聽得太入迷而輸掉一大包牛奶彈珠。那時候，牛奶彈珠又貴又漂亮，對小毛頭來說，可以說是寶了，但阿智一點也不覺得可惜。對他來說，小提琴的樂音就像是從天堂傳來的聲音，會彈奏小提琴的孩子，都擁有很好的生活環境，就像活在天堂裡。

阿智也很愛學孩子王說英文，他偶爾會說「well」、「good」，或是「I see」，尤其是旁邊有女孩子在的時候，他更是學得特別起勁。他喜歡享受女孩子看著他，頭上卻有好多問號盤旋的那種崇拜感，雖然他可能連什麼是 well 都不知道。

那個時候，智爹還不是一個髮鬢斑白的中年人，他是個很高大強壯的年輕人，但是因為書念太少，連大字都不會幾個，所以只能做些苦力型的工作，收入當然也不會太高，因此，阿智家的經濟也比其他人都要差許多。

阿智會羨慕孩子王是正常的，光是孩子王只要考試考得好就有電動玩具當禮物這一點，就足以讓我們都羨慕，更別說是阿智了。

所以，阿智跟我還有一群孩子站在遠處看著孩子王搬行李時，阿智的眼神，一直一直透露著羨慕。

過了一下子，阿智拎著自己的那包牛奶彈珠，走到孩子王旁邊去，我們都不知道他要做什麼。只見他從那包牛奶彈珠裡，拿出他的「二王」，那是一顆紅白混色的牛奶彈珠，然後送給孩子王。

孩子王接過手，很高興地笑了。他抱了抱阿智，那感覺很像美國人式的示好。

然後阿智跟他說了幾句話，孩子王也回了幾句，阿智聽完就往回走，還不忘回頭揮手道別，而孩子王也已經搭上車，搖下車窗跟我們說再見。

「阿智，他跟你說什麼？」我們都很好奇地問。

「我問他，他要去哪裡？他說，他要去美國，然後說了一句英文，我聽不懂。然後我再問他，他去那裡幹麼？他說他要去學音樂，他以後想當音樂家。」

「然後呢？」

「然後我就跟他說，當音樂家比當總統難嗎？他說他不知道，不過當總統應該比較難。所以我跟他說我要當總統，他笑得很開心，然後抱住我說，『Goodbye, President.』我聽不懂，要他再教我一次，於是他又說了一次。」

「咕掰噗噗……」聽完阿智的敘述，一群小朋友就自顧自地學了起來。

「不要噗了！」阿智像個老師在上課一樣地說著，「是goodbye, President。」

「咕掰噗雷斯鄧……」一群孩子繼續學著。

阿智想當總統的志願還在我們心裡記憶猶新時，他因為看電視新聞，發現飛行員可以開飛機，帥得不得了，於是他問智爹，那些飛行員都是誰管的。智爹回答是國防部長，於是他又想當國防部長。

為什麼是想當國防部長而不是飛行員呢？他的答案是：「這樣我想換飛機的時候，他們只能聽我的，不能跟我搶飛機。」

當過國防部長之後，阿智又陸續換了好幾個「工作」，換著換著，時間也過了好幾年，我們升上了國中，媽媽跟外婆決定搬到比較市區的地方，我跟阿智的距離，就比以前遠了些。

或許是因為如此吧，後來阿智跟隔壁班的壞學生混在一起，不知不覺也跟著學壞了。

我還記得我第一次在他的書包裡看見智爹的長壽菸時，是在我們學校放學後的升旗台後面，我瞪大眼睛看著他，問了一句：「你拿菸幹麼？」

他看了看我，然後冷冷地反問：「便當買來要幹麼的？」

「吃啊！」我說。

「那拿菸就是要抽啊！」他理直氣壯地回答。

「你為什麼要抽菸？」對於他的改變，我有些難以接受。

誰知他點起了菸，深深地吸了一口，然後吐出長長濃濃的白煙，「爽。」

幾天之後，他在學校福利社看見我，特地走過來跟我說，如果有誰欺負我，告訴他，他會替我擺平；要是來不及告訴他的話，就當著對方的面嗆說：「我關閔綠是蕭柏智在挺的。」他說，亮出他的名字，就沒人敢動我了。

而後他變成全校最凶的學生，距離我第一次看到他抽菸，只有幾個月的時間。他會偷騎智媽的摩托車，然後跑到我家來炫耀，外婆看到都覺得不可思議，一個從小看到大的孩子，怎麼會差這麼多？

本來只是騎到我家炫耀，接著他變本加厲，開始跟著一些不良少年去飆車。他每天書包都是扁的，裡面找不到書，也沒幾枝筆，香菸倒是不會少，甚至有時候是藏著刀子的。

智爹因為他的行為嚴重偏差，已經不知道打過他多少次了。我曾經看過智爹強而有力的臂膀高高舉起，然後重重一拳打在阿智的臉上，阿智只是悶悶地「嗚」了一聲，就趴在他們家的騎樓，動也不動。

然後，夜了，大概是晚上的十一、二點，我房間玻璃窗外的窗沿傳來叩叩的敲擊聲，打開窗戶，會看見阿智正拿著石頭往我的窗戶丟。

臉腫了一邊，眼角還有點血，阿智掏出一根菸，點燃，菸的濾嘴沾著他嘴裡的血。

「幹！」他輕哼了一聲，半笑著說：「我爸打人真他媽的痛，那一拳下去我都快昏了。」

說完，他從嘴裡吐出半顆牙齒。「幹！又斷了一顆。」

16

「閔綠啊！」他丟掉他那半顆還沾著血的牙齒，問我，「我們那一群飆車的朋友裡面，有個女孩子很辣，我想她會是你喜歡的那一型，要不要改天我帶你一起去飆車，順便認識一下？」

「你在開玩笑吧？」我轉頭看他，然後把手伸進自己的口袋。

「我沒在開玩笑，」他認真地說：「你看我像開玩笑嗎？」

「那你看我像是會去飆車的人嗎？」

「我又沒有要你去飆車，我只是要你陪我去而已。」他笑了一笑。

「我陪你去？」

「是啊，車子我飆嘛，你陪我，我順便介紹馬子給你。」

「你不覺得你們很無聊嗎？」我很直接地表達觀感。

「你說啥？」他轉頭。

「我說你們很無聊。」我的手還在口袋裡，摸到了幾顆糖果。

「哪裡無聊？」

「騎著機車飆來飆去嚇路人，你們覺得有趣？」

他聽完，只是看我一眼，卻沒說話。

「你為什麼會變這樣？」坐在自家外面的路邊，我遞給阿智一顆糖果，繼續問他。

「怎樣？」

「你為什麼要學壞？」

「什麼是壞？」他轉頭看我。

「打架、抽菸、到處跑來跑去、飆車、不務正業。」

「哎唷！」他不耐煩，「你說這個幹麼啦！我是心情不好來找你聊天耶。」

「聊這個你受不了啊？」

「你他媽的愈來愈囉嗦了你！」他的表情不太客氣。

「要不是我還當你是朋友，我他媽的懶得理你！」

他站了起來，扔掉手上的菸屁股，「如果你真的當我是朋友，你就別學我爸一樣囉嗦！」

「可以啊！」我也站了起來，「你回答我一些問題，如果你能說服我，我保證以後不囉嗦。」

他聽完，沒說話，轉身看我。

「你仔細地想一想，你每天無所事事打架抽菸鬼混飆車逞凶鬥狠，好處在哪裡？」

他聽完，立刻想回答我，但我更快一步地伸出右手食指指著他的眼睛，近到就要戳進他的眼睛裡了，「你最好真的仔細想過了再回答！」

大概過了十幾秒鐘吧，他突然笑了出來，「幹！爽就好，想那麼多幹麼？」

「你答不出來嘛！」我哼了一聲，「我剛剛說了，你能說服我，我保證不囉嗦，現在呢？你說服我了沒？」

「我說啦，爽啊！爽這個字夠不夠說服你？」

聽完，我一股火如雷電般向腦袋裡燒，出手就從他頭上打下去。

「幹！」我大聲罵道，「這樣爽不爽！」我的手傳來劇痛，感覺手指頭好像已經碎了一樣。

「操你媽的，你幹麼？」他生氣地摸著剛剛被我打到的地方。

「沒幹麼！」我握著發抖的右手，「爽啊！我爽！你不是說爽就好？」

他狠狠地看了我一眼，「媽的……」罵了這麼一句，他把我給他的糖果丟在地上，騎上智媽的機車，很快地離開我的視線。

在那之後，我們就很少再說話了。我打他的右手嚴重扭傷，包了好幾個星期的藥才好。他依然繼續他不良少年的生活，而他為什麼會變成這樣，我還是不懂。

偶然一次機會，我在市場附近看見智爹正在馬路的那一邊送菜，他的頭髮像是突然被潑了白色油漆一樣地白了一邊，原本看起來年輕力壯的樣子瞬間老了十幾歲。我沒有過去跟他打招呼，只是靜靜地在馬路這一頭看著他從車上一簍簍地搬下他的菜。

又過了幾個月吧，不幸的事情終於發生了。

那天是學校的第二次段考，考完了就放學，阿智照慣例帶著他扁扁的書包、幾枝筆還有香菸就到學校應試。

考完之後，我留在學校準備明天要考的科目，過了沒多久，一些同學衝進教室裡，神情焦急地對我說：「蕭柏智他們一群人被圍在學校的後門。」

我立刻跟他們一起去報告老師，但因為已經放學了，還留在學校的教師人數並不多，導師辦公室裡甚至只有幾個女老師，於是我們繼續往訓導處衝，卻發現訓導處裡連一個人都沒有。

「去打一一〇！」我喊著，「快去打一一〇！」

然後，我隨便衝進一間教室，拆了一支掃把，拿了掃帚充當棍子，轉身就往學校後門跑。幾個同學跟在我後面，他們也拆了掃把，拿著木棍。

我們學校的後門是條不大的馬路，馬路對面是一片空地，空地再過去就是工廠，平時沒什麼車子會經過這裡。

阿智就躺在空地中間，旁邊還有幾個學校的麻煩人物，當然，他們也是站不起來的。警察到的時候，看到我們手上的棍子，以為我們就是打人的學生，不問原由就把我們都帶到警察局。

所有受傷的人當中，阿智的傷勢最嚴重。

他左手被打斷，頭部有兩處撕裂傷，身上皮膚破掉的地方至少有二十處，全身要縫的所有針數加起來超過百針，就連眼睛都腫得睜不開。聽老師說，還沒到醫院，他在救護車上就已經吐了兩次了。

「他有腦震盪。」老師轉述醫護人員的話給我們聽。

智爹站在急診室裡，不發一語，而智媽早就已經崩潰了。阿智的一些親戚不停地安慰著智媽，「別擔心，阿智很強壯，跟他爸爸一樣，一定會好起來的。」

學校的老師跟主任都站在智爹旁邊，他們都注視著同一個地方——阿智的眼睛。

在這之前，阿智的病床不停地被推來推去，所有的檢查都做過了一次。醫生說阿智沒什麼危險，但是外傷太多，要復原可能需要一段不短的時間。

夜裡，已經超過了十二點，智媽坐在病床邊，不停地跟阿智說話，阿智則是用力地盡量撐起他腫大的眼皮，他看著智媽，一直點點頭，似乎在說「嗯，媽媽，我知道了」。

智爹站在智媽旁邊，他還是不發一語，阿智的眼睛看向智爹的那一剎那，眼淚就滾到枕頭上。

等到智爹離開，準備去載菜的時候，智媽已經躺在病床旁邊睡著了。

我坐在阿智旁邊，手還是放在自己的口袋裡，這次口袋裡已經沒有糖果了。

「閔綠啊……」他說話的聲音有些無力，不過依然清楚。

「嗯？」

「很久以前，我說要介紹給你的那個辣妹，你還記得嗎？」

「飆車那個？」

「嗯。」他點點頭。

「怎樣？」

「他媽的……」他哼了一聲，笑了出來，「還好我沒介紹給你。」

「為什麼？」

「因為她是別人的馬子。今天她男朋友找了一群人來打我，因為我搶了他的馬子。」

「誰叫你去追她？媽的你活該！」

「別這麼說嘛，」他又笑了一笑，「我看你這麼浪費，這麼漂亮你都不要，我就……」

「那不就很委屈你？」

「你才知道啊……這一架，我是替你挨的。」他指了指自己。

約莫過了幾分鐘，他又說：「對不起啊，閔綠……」

「為什麼跟我對不起？」

「因為你是好朋友，我卻讓你不爽。」

「你不是說爽就好？」我挖苦他。

「不行，」他搖搖頭，「要兩個都爽才行。」

「其實，你最對不起的人是智爹，不是我。」

「……」

「你有沒有發現，他的頭髮已經白了一半了？」

「坦白說，我今天才發現……」

「智爹是好爸爸，你不應該讓他失望才對。」

「嗯，是啊。」

「都還來得及啦！」我摸摸他的肩膀，「都還來得及。以後你要打架就找我吧，我陪你打。」

「我怕你一拳被我打扁。」他笑了出來。

「那來試試看啊。等你好了，我先賞你一拳！」

說完，他看了看自己裹著石膏的左手，看著我說：「完了，我沒辦法當ＦＢＩ了。」

「ＦＢＩ？」我一頭霧水，「什麼是ＦＢＩ？」

「美國聯邦調查局。」

「調你個B啦！」我笑了出來。

「我左手斷了，沒辦法雙手拿槍了。」他繼續自怨自艾。

「你先能畢業再說吧！」

然後值班的護士走了過來，要我們說話小聲一點。我們向她表示歉意，等到護士離開，阿智又自顧自地說起話來。

一開始我沒聽清楚，不知道他在說什麼。

直到我仔細認真去聽，我才知道他正在說：

「Goodbye, President. Goodbye, FBI.」

他嘴裡雖然唸著「Goodbye, President. Goodbye, FBI.」，其實是在說「再見了，夢想」。

17

「其實，阿智不只是對著他的夢想說 goodbye，最重要的是，他在向他那衝動無知的兩年道別。」關老闆說這些話時，那隻叫作小綠的貓走到他的身邊喵喵叫著。

「這貓真的好可愛。」我離開座位，走到貓旁邊摸摸牠。

「我是在一棵樹下的箱子裡發現牠的，似乎是被丟棄的。」

「牠一直要找你耶。」我摸著小綠的頭時，小綠一直攀在關老闆的腿上。

「牠應該是餓了。」

「你有東西給牠吃嗎？」

「不行，牠不能再吃了，牠現在比較瘦，但以前真的太胖，連獸醫都說再胖下去一定會生病。」

「那好可憐喔，又餓又不能吃。」我不忍心地看著小綠。

「這才不可憐，如果一直放任牠吃東西，等牠生病了，那才真的是可憐。」看來關老闆自有他的看法。

「啊！」我想起什麼似地叫了一聲，「我們好像不是在聊貓。」說完，我自己呵呵地笑了出來。

「是啊，我們在聊蕭柏智。」關老闆也笑了一笑。

「後來呢？故事繼續。」我坐回原位。

「後來啊，阿智就出院了，不過左手還是包著的。」關老闆繼續說……

左手那條長長的傷痕，是阿智永遠都不會忘記的教訓。切開手臂打進鋼釘的傷痕至少有十公分長，讓他在復原了之後，只要看見那道傷痕，就會記起當年的愚蠢。

「我差點因為兩年的愚蠢，壞了我將來幾十年的生命。」阿智如是說。

當一切都慢慢地步上正常的軌道，他的成績也開始變好。國三那一年，他喜歡上我們班的一個女孩子。但那個女孩子品學兼優，幾乎就是第一志願的準高中生，對於阿智曾經有過的過去，她完全不敢恭維。

她叫胡吟珊，是班上唯一戴眼鏡的女生。

我問阿智為什麼會在已經同班第三年的時候才開始喜歡她？於是阿智說起某天下課，她一個人坐在學校籃球場旁邊，當時阿智正在打籃球。

下午四點半，傍晚的風涼涼的，陽光煦煦的，幾朵白雲飄得慢慢的。阿智一個上籃被蓋火鍋，摔個亂七八糟，當他從地上爬起來時，剛好與胡吟珊四目相接。

「她看著我，笑了出來，我站起來的時候，她還是繼續看著我笑。哇靠，你知道嗎，那時的她真的美爆了！」阿智是這麼說的。

「美爆了？」我問。

「對！」他點頭點得很用力，「美爆了！」

「你剛剛有說，那傍晚的風涼涼的，陽光煦煦的，幾朵白雲飄得慢慢的，你不會覺得，那是天時加上地利，還有你摔得亂七八糟的人和才會造成的誤會嗎？」

「誤會？」他轉頭看著我，「如果是誤會，那一定是美麗的誤會。」他看起來就像是正嚴重地發著花癡。

那天，阿智跟蹤胡吟珊回家，一路騎著腳踏車跟在她後面，像個變態一樣，一直在聞著那隨風飄來的胡吟珊的髮香。「嗯……好香啊！」他抬起頭，邊騎車邊閉上眼睛說：「這香味真是迷人啊。」

騎在他旁邊的我，就這樣看著他變態的舉動還有淫亂的表情，直到他撞上前面的計程車。

後來，他在上課的時候，傳了紙條給胡吟珊，上面是這樣寫的：

「我想約妳一起去吃麥當勞，我請客。」

過了一下子，紙條傳回來了，上面只有兩個字：「不要。」

「那換肯德基好嗎？我請客。」

「不要。」

「那妳想吃什麼？我請客。」

「都不要。」

「那我約妳看電影好了。我請客。」

這張看電影的紙條還沒傳出去，事跡就被老師給發現了。

「蕭柏智！」老師大聲喊著。

「有！」阿智立刻站起來。

「你在傳什麼紙條？拿過來！」

「沒有啦。」

「我都看到了還沒有！快點！」

阿智傻在原地，只見老師站在台上，伸著手要他把紙條交出去。他看了看胡吟珊，又看了看我，然後說：「可以不要拿嗎？」

老師裝出偽善的笑容，「你說呢？」接著馬上翻臉，「快點拿來！」

他只好把紙條交給老師，老師看完之後問：「你要約誰看電影啊？」

「呃……」阿智畏縮地搖搖頭。

「你快說！」

「老師，我、我不敢說……」

「快說！不然打電話叫你父母來。」

「哎呀！」阿智求饒著，「千萬不要打給我爸媽！」

「那你就快說！」

大概過了五秒鐘，阿智說了一個笑翻全班也笑翻老師的答案：「關閔綠啦！」

即便過了好幾年，我們還是會把這件事情拿出來說笑。當時我的表情到底是怎樣的呢？阿智說，就是我的名字的最後一個字，「綠了，對，就是綠了。」他點點頭。

不過，好笑歸好笑，阿智第一次為了女孩子哭，就是為了胡吟珊。

他在我的房間裡哭得亂七八糟，還用我的隨身聽重複播放王傑的歌，「妳是我胸口永遠的痛，南方天空飄著北方的雪……」他五音不全地唱著，眼淚跟鼻涕全都糊在一起。

「你別光哭嘛，」我遞張衛生紙給他，「你就講來聽聽啊。」

這時他就快要唱完了，「昨夜的夢，留給明天，明天……」唱完，他擦掉自己的眼淚跟鼻涕，「就昨天，我打電話去她家，是個聲音很低沉的男的接的。」

「伯父您好，我叫蕭柏智，是胡吟珊的同班同學，請問她在嗎？」

次。

「……」電話那頭沒回應。

「喂？喂？」阿智又喂了兩聲，他以為接電話的人已經去叫胡吟珊了。

「喂……」依然還是一個低沉的男聲。

「呃，伯父您好，我叫蕭柏智，是胡吟珊的同班同學，請問她在嗎？」他又把話再說一次。

「伯你個頭！我是她哥！」那低沉的男聲說。

「喔！哥……哥，抱歉抱歉，哥哥，我不知道……對不起，不好意思。」

「誰是你哥？別叫我哥。」

「好好好，不叫你哥，不叫……」

聽到這裡，我笑到不行，被他扁到差點哭出來。

那位哥哥終於把電話放下。過了沒多久，胡吟珊像鳥叫的聲音就從話筒裡傳來。

「鳥叫的聲音？」我懷疑地再問一次。

「就是美麗的聲音啦！人家不是都說黃鶯出谷嗎？黃鶯不是鳥是啥？」阿智強辯。

「喂？」這是黃鶯的聲音。

「喂，我、我是、我是蕭……我是蕭柏……我是蕭柏智。」阿智開始結巴。

「有什麼事嗎？」黃鶯問。

「我、我想……我想跟妳說……我想跟妳說一件事！」

「什麼事？」

「我、我、我的心臟……」

「你的心臟？你的心臟怎麼了？」

「啊！不是不是，別管我的心臟，我是想跟妳說……」

「說什麼？」

「我是想……我是想跟妳說，我想跟妳說……」

「蕭柏智。」黃鶯打斷了阿智的話。

「啊……嗯？」

「如果你想說的話，可能會造成我們以後見面的尷尬，那你可能要想一想，是不是不要說比較好。」

我想，黃鶯是聰明的，所以她先警告阿智，有些話還是別說會比較適當。

「尷尬啊……」阿智有點畏縮了，「那、那……我用英文說好了。」

聽到這裡，我再一次笑翻在地，「你白癡啊！重點不是用英文或中文好嗎？」我笑到抱肚子，阿智又扁了我一頓。真不知道黃鶯當時有著什麼樣的表情？會不會跟我一樣笑翻？

「你一定要說嗎？」黃鶯再一次請阿智確定。

阿智深呼吸了好幾口氣，「嗯！」他回答得相當有魄力。
「好，那你說吧。」
「I...I like you...」阿智終於把這句話說出來，頓時只覺得四周的空氣彷彿都凝結了。
「嗯。」黃鶯回答。
「啊？」
「嗯？」
「妳的回答就只有一個『嗯』？」
「你想要我回答嗎？現在？」
「是啊。」
「I am sorry.」黃鶯說，說完就掛電話了。
阿智把手上的電話掛掉，已經是在聽到「I am sorry」之後的十分鐘了。然後他就出現在我家門口。
他站在路燈下，身旁的腳踏車倒在地上。「我的心好痛喔！」阿智說。

阿智啊阿智，你真是個可愛的人。

18

阿智上大學之後第一次到高雄來找我，是在我們即將迎接大學生活的第一個寒假時。

在那之前，我們時常利用BBS互相聯絡。本來我選擇的BBS站是政大貓空，阿智也在我註冊貓空站成功的五分鐘之後成為貓空的新站友，但是他不知道從哪裡查到蔡心怡在台大BBS站註冊，於是他立刻就跳槽了。

坦白說，他跳槽了也無所謂，反正電腦的視窗可以同時開好幾個，他可以一邊上貓空跟我聊天，一邊連上台大去找蔡心怡。

網路的發明真是人類文化的偉大成就，它徹底改變了人與人之間的訊息傳遞速度，也改變了人類對新資訊的獲得方法。簡單地說，世界因為有網路而變得很小，在幾分鐘之內，離我們一個太平洋遠的美國便可以收到我們寄去的訊息，而且一字不差，正確無誤。

每天都有大量的資訊在我們看不見的線路中被傳遞著，所以每天也就都有大量的故事在發生著。

因為阿智個性活潑，便被班上的同學選為公關，替全班男生謀福利是他最大的責任。於是，他開始在網路上邀請其他系所或是其他學校的女孩子進行聯誼。但因為他老是沒辦法改掉跟女孩子說話時就會智商變負的毛病，導致上學期都快過完了，他們班的聯誼次數還是掛零。阿智邀人一起聯誼的經驗，坦白說，是從一次次的失敗中學習到的。

○○系女公關一號說：「你們有什麼出遊計畫嗎？」

阿智：「啊？不能只是到泡沫紅茶店喝喝紅茶嗎？」

○○系女公關一號：「我們自己去便利商店買麥香紅茶就好，還費事跟你們聯誼幹麼？」

「喔？原來要有出遊計畫啊！」這是阿智心裡的O.S.，在該位女公關斷線之後想到的。

第二次，他有所進步了。

阿智：「我們的出遊計畫是，當天早上到東海大學散步，大家先認識一下，然後到梧棲漁市吃海鮮，下午到高美濕地走一走，然後回到逢甲夜市吃晚餐。」

○○系女公關二號：「計畫很不錯耶，那請問你們大概有幾個男生要參加聯誼？」

阿智：「我們要看看妳們所有人的照片，確定妳們有幾個美女之後再決定。」

○○系女公關二號：「你找死嗎？」

「喔？原來就算只想約美女，也不能說出來啊！」這也是阿智心裡的O.S.，在該位女公關把他加入黑名單之後，他才懂得這層道理。第二次的經驗告訴他，美女就跟幸福一樣，是不能強求的。

第三次，他又比第二次進步多了。

阿智：「我們計畫早上在學校集合，先到豐原的公老坪走一走，大家認識一下，中午在東勢鎮用餐，下午進谷關做森林浴，風景好空氣佳，晚上再回到台中市吃火鍋。」

中興大學〇〇系公關：「嗯，聽過你的出遊計畫，還滿詳細的，不過，你們有大概計算過費用嗎？」

阿智：「這倒是沒有，不過，應該不會花很多錢。」

中興大學〇〇系公關：「你確定不會花很多錢嗎？那裡很遠耶。」

阿智：「遠？怎麼會遠？都在台中啊？」

中興大學〇〇系公關：「我們在台北耶……」

阿智：「……」

「喔？原來中興法商學院在台北啊。」這還是阿智心裡的O.S.，在該位女公關傳來「哈哈哈」三個字之後，他知道，以後要先確定聯誼學校的位置。

所以，第四次，他又比第三次進步多了。

阿智：「請問，你們學校在台中吧？」

〇〇大學〇〇系公關：「是的。」

阿智：「那太好了。我先跟你報告一下這次的出遊計畫。」

〇〇大學〇〇系公關：「出遊計畫？」

阿智：「是的，我們決定這次簡單一點，也不會跑太遠，就到大坑山區烤肉就好，大家玩得意猶未盡的話，晚上可以一起去KTV。請問，你們大概會有幾個人呢？」

○○大學○○系公關：「……我們大概有十五個。」

阿智：「哎呀，太好了！我們也是十五個人。」

○○大學○○系公關：「我們是十五個男生。」

阿智：「……」

因為連敗的次數太多，阿智就快要變成他們班的頭號公敵。他的公關職務在第五次失敗之後就丟了，而這次失敗，他說是非戰之罪。

「我問了學校位置，也沒有要求一定要是美女，還擬了一個最好玩的出遊計畫，而且花費最少，聯誼效果最好。」在BBS上，阿智傳來這麼一個訊息。

「那是因為什麼而失敗呢？」我丟回一個訊息問。

「因為女方要求了一點……」

「要求什麼？」

「對方公關說她們的身高都很高，所以希望我們每個人至少都要有一百七十五公分。」

「你們有同學沒一百七十五公分嗎？」

「當然有，不過那不是重點。」

「那不然重點是什麼？」

「重點是，我只是開了個玩笑，說那我們希望她們的胸圍都有三十三C以上。」

螢幕這頭的我再一次笑翻，差點從椅子上跌下去，「那對方怎麼回應？」我問。

「【對方已經不在線上】。我的螢幕上出現這一行字。」這是阿智的回答。我可以想像他在螢幕那一頭的表情。

不過，我剛才說，每天都有大量的資訊在我們看不見的線路中被傳遞著，所以每天也就都有大量的故事在發生著。也所以阿智發生了一個故事，他說那是他第一次網戀，有一種滿滿的好奇感與神祕的情愫在心裡不停地萌芽著，不停地萌芽著。

阿智交了一個網友，是個女孩子（廢話），在高雄念大學，跟我們一樣是大一新生，他們兩個人時常通信，在網路上也偶爾會丟訊息。有一天這個女孩子突然約他見面，讓他心裡小鹿亂撞，緊張得要死。

「那芽都已經長成大樹了。」阿智是這麼形容的。

「砍了不就好了。」

「砍你媽個B！」他罵了我一句，「別說風涼話了，你說我該怎麼辦？」在電話那頭，他聽來有點不知所措。

「沒怎麼辦，看你要不要去見啊。」

「我很想見啊，可是我不能對不起蔡心怡。」

「你跟蔡心怡在一起了？」我好生驚訝。

「沒啊。」他咕噥著，「我只是覺得我不能在喜歡她的同時又去跟別的女孩子見面。」

「這是個很正確的觀念。」我點了點頭。

「所以我要你跟我去。」卻不料他的結論竟是如此。

然後他跟我約了時間，在寒假來臨前的某一天，他來到了高雄。

要跟阿智見面的前一天，李心蕊打電話到宿舍給我，她說她有點不能適應台北的生活。

「都沒有同學在這裡，我覺得我很孤單。」

「別這麼想，妳一點都不孤單，妳還有我啊。」

「可是你好遠啊。」

「但我常常上台北去陪妳啊。」我把身體靠在桌子上，用安慰的語氣說著。

沒錯，我確實常常上台北去陪她。我大部分的零用錢都花在台北跟高雄來回的車錢上面。而且因為住飯店對我來說是一項更大的負擔，再加上女生宿舍有門禁，於是通常我都是陪著她，直到宿舍門禁時間到，才一個人去搭夜車回高雄。

「閔綠，有時候，我真的好想你啊。」很難得地，她會這麼直接地表達情感。

「嗯，我也很想妳啊。」

「你知道嗎，我已經想你想到快忘記你的樣子了。」

「怎麼會有這種想？」我笑了出來，以為她是在說笑。

「真的，」她呼吸了幾口氣，「我真的想你想到快忘記你的樣子了，現在在我的腦海中，只剩下你比較熟悉的側臉。」

「熟悉的側臉？」

「嗯，我時常看著你的側臉發呆。有時是你騎車載我的時候，有時是你牽我的手陪我散步的時候，有時是你在吃東西的時候，或是你正在專注地看著某件事物的時候。」

「為什麼注意我的側臉？有什麼特別的意義嗎？」

「沒有吧，」她不確定地說著，「我只是習慣看你的側臉而已。」

「那，我的側臉好看嗎？」

「坦白說……」她又呼吸了幾口氣，頓了好一下子，「還不錯啦。」

「只是還不錯？」我有些失望。

「你不是帥哥，別太自戀了。」

安靜了幾秒鐘之後，我的電腦螢幕下方在閃動，阿智丟了一個「明天見」的訊息。

我回覆ＯＫ之後，看了看時間，已經接近凌晨兩點，我向李心蕊說了聲晚安，準備上床睡覺。

「閔綠……」在我掛電話之前，她叫住我。

「嗯？」

「你記得我跟你說過我愛你嗎？」

「啊……」我先是一愣，「嗯，記得。」我有點不好意思。

「那你想說給我聽嗎？」

「這……我的室友都在，不方便啦。」我壓低了聲音。

「那你什麼時候要說？」

「我一定會說，而且這個讓我主動說出來才比較ＯＫ吧？」

她似乎得到了一個還可以接受的答案，用輕鬆的語氣跟我說了聲晚安，然後掛上電話。

隔天還不到中午，阿智就到了高雄，我帶著惺忪的兩顆眼睛去火車站載他。

下午一點，他跟他的網友之約，就約在火車站前的麥當勞門口，他跟她說好，女生穿短裙，阿智則戴上一副太陽眼鏡。

「這樣就能確保不會認錯人。」阿智說。

當我們站在馬路對面等待對方，一位身穿短裙，長髮飄飄，完全符合條件的女孩子出現時，阿智突然抓住我說：「幹！我好緊張啊！」

不過，當我們走過去準備認人時，阿智用迅雷不及掩耳的速度，馬上把他的太陽眼鏡摘下來，然後戴在我臉上……

交網友要小心，不過交朋友更要小心。

熟悉的側臉

枯坐在咖啡館裡兩個小時，天已經黑了。
李心蕊說，那是那年冬天的第一場雨，
雨下得像霧一般綿密，下得悠悠久矣，
咖啡館裡的雨天，像下了一個世紀。

每一個推開大門走進來的客人，
都會撥一撥自己的頭髮與衣服，
試圖撥掉一些雨滴。

「如果能擁有一間咖啡館，那有多好？」
她說，但目光依然停在窗外那濕漉漉的馬路上。

我沒有說話，只是看著她「熟悉的側臉」，
我記得我問過她，熟悉的側臉，有什麼特殊的意義？
現在我懂了，那是另一個世界。

「幹他媽的！」
這是我們在一起之後，我第一次在她面前罵髒話。
而罵這句髒話的原因很爛，
她為了一個學長，我為了一份愛。

19

我跟這位小姐的誤會，在好幾個月之後才解釋清楚。那副該死的太陽眼鏡，在那位小姐把我當作是阿智之後的隔天就已經被我砸爛，因為她說我戴起來很帥。

我的 Call 機不時會傳來不知名的電話號碼，每次回電都會聽到「嗨！小智智」的熱情招呼，逼得我興起想要砸 Call 機的念頭。不過 Call 機也不便宜的，於是我只能踢一踢公共電話旁邊的牆壁洩憤。

「阿智一定會下地獄的！」我在心裡這麼詛咒他。

上大學之後的第一個農曆年，我跟阿智在我的房間裡度過。李心蕊跟著家人回老家過年，而阿智說蔡心怡跟她的爸媽出國玩，要初六才會回來。剩下我們兩個沒人要的，留在房間裡玩單機版的大富翁。

當阿智因為買了可口可樂公司的股票跌到最谷底而宣佈破產時，我突然想起一個問題——為什麼他知道蔡心怡跟她的爸媽出國了？

「我在BBS上面問她的。」

「不是，」我搖搖頭，「我的意思是，為什麼她會告訴你，她要跟父母親出國？你有問她什麼嗎？」

「我問她過年要不要回家，她說不要啊。然後我就問她要去哪裡，她就說她要出國。我還問她要不要在回國的時候跟我去看電影，她說看你個大頭。」

「你們的關係好像沒什麼進展。」我笑了笑。

「有好不好！」他站了起來，「她有告訴我她的宿舍分機耶。」

這個答案讓我嚇了好大一跳，我驚呼一聲，瞪大了眼睛看他，「真的假的？」

「當然是真的。」

「那你有打嗎？」

「我當然得試打看看是不是唬爛我的啊。」

「結果呢？」我繼續追問著。

「她罵我混蛋。」

「為什麼？」

「因為我打去的時候是半夜三點，吵醒了她的室友。」

「靠夭！你白癡喔！」我打了他的後腦勺一下，「你是不會注意時間喔？」

「我哪還有心思注意這個？她電話一給我，我高興到都昏了頭了。」阿智摸摸後腦勺說。

農曆年還沒過完，阿智就回台中去了。他在台中還有打工的工作，所以他只能休個兩三天。李心蕊在跟家人一起出遊幾天之後回來，當天晚上，我們兩個出去吃飯，她很開心地告訴我這幾天發生的趣事，還說她參加了學校服務性質的社團。

「就利用假日的時間去帶活動啊，像是救國團一樣的。」

「假日？」

「對啊。平時都要上課，所以只能利用假日。」

「那……」我低下了頭，「我如果上台北去找妳的話……」

「我不會把時間都給社團的啦！」她坐到我旁邊，挽著我的手，「我還想跟你約會呢！」

這話言猶在耳，隔天清晨，我卻接到李心蕊的電話，「閔綠，載我去搭車好嗎？」她在電話那頭急得跳腳，「可以嗎？可以嗎？我爸媽都出去了，沒人載我，我快來不及了。」

「妳這麼急要幹麼？」

「我今天下午要去參加活動，我自己忘記了啦。」

「那就別去了嘛，」我有點撒嬌意味，「再多留一天，我陪妳去逛街散步？」

「不行啦，不行啦。」她說。

於是，十分鐘之後，我出現在她家，騎著我媽的下凡牌摩托車。為什麼要叫下凡牌？因為它老舊到永遠都會噴大量的白煙，遠看很像仙女或是菩薩下凡來，所以我叫它下凡牌。

載她到車站的路上，我聽她不停說著這次的活動內容，他們要去一家孤兒院陪小朋友一起玩、一起念書，她覺得很有意義，而且這種活動能培養自己的耐心跟待人處事之道。

我只是一直「嗯嗯嗯」地點著頭，其實心裡有些不太舒服。我覺得相處的時間已經不多了，這些活動以後再參加也不遲。

不過話又說回來，女朋友開心就好，畢竟她開心你也開心，更何況她要去的地方還有要做的事都不是壞事，男生應該給予鼓勵，而不是擺張臭臉。

她在進車站之前，在我的右臉頰上啾了一下，「拜拜，親愛的！」

這突如其來的舉動讓我有些驚訝，站在原地看著她跑呀跳的，纖瘦的背影一步一踏地走上階梯，那長長的馬尾像鐘擺一樣在背後左右搖晃，隱約中，飄過我身邊的風彷彿帶來了她身上那一陣陣我熟悉的香味。

我在車站外面看著她抬頭看火車時刻表的樣子，突然有一種不曾有過的感覺。

我從她的側臉，看到了另一個世界。彷彿我跟她被隔離在兩個不同的空間。或許該這麼說，當我看著她的側臉時，我的人在這個空間，而「我雙眼裡的視界」，又是另一個世界。那感覺就像是全世界只有你熟悉這張側臉，而這張側臉只存在你的眼睛裡，卻不存在於你的世界。

讓我說得清楚一點，就是當你看著一張熟悉的側臉，其實你並不是正在「看著」，而是正在「傾訴著」。你正在對著這張「熟悉的側臉」說話，只是對方聽不見。

你曾經有過看著一個人的側臉看得出神，心裡像是在跟他對話一樣地唸完了一整段話的感覺嗎？我想的，就是這個意思。

她說過，我在她腦海中的樣子，她有時完全記不住，唯一的記憶，只有那「熟悉的側臉」。如果我這時的感覺跟她一樣，那麼，她是不是也曾在我的側臉當中，看見另一個世界呢？看著我的側臉時，她又正在向我傾訴什麼呢？

坦白說，我也不知道我何來這種抽象的想像，這感覺也不知道從何而來。

等到她走進月台，向我揮揮手之後消失在轉角處，我才漸漸地回過神來，肚子咕嚕咕嚕地叫了幾聲。

「啊，去買飯糰吧！」我自言自語地說著，然後把機車調了頭，戴上安全帽，下凡牌替我營造出神仙下凡的感覺，旁邊的警察臉色不是很好看。

這是我們上大學之後的第一個寒假，冬天的太陽只有照明的功能，空氣依然冷颼颼的。

你是否記得，你曾經對你生命中那張熟悉的側臉，傾訴過什麼？

20

「我喜歡你說的那個感覺。」我左手食指勾著頭髮，髮絲在指尖處繞了幾圈。

「什麼感覺？」關老闆歪著頭問我。

「熟悉的側臉。」我說。

「喔，那個啊。」他笑了一笑，「那只不過是我的一個突如其來的感覺而已。」

「可是，卻很真實啊。」我也笑了一笑，「我想每個人都有過這樣的感覺，那種看著一個人的側臉，然後把想說的話在心裡說了一遍的感覺，雖然無聲，雖然孤獨得只有自己知道，但真的很真實。」

「妳說得很好。」關老闆向我點點頭。

「不是，是你形容得很好，所以我才能了解。」

「謝謝妳的誇獎，梁小姐，」他站了起來，「不過，在我繼續說故事之前，我必須先去上個洗手間。」

「嗯，請便。」我點了點頭。

關老闆去上洗手間時，我把小綠抱到自己的大腿上。牠是一隻很文靜的貓，好像非常喜歡人類的觸摸，只要你不停地在牠的背上撫摸，牠就會很乖地瞇著眼睛享受。

「看來小綠很喜歡妳。」闕老闆從洗手間裡出來，手上還拿著擦手紙。

「嗯，我也很喜歡牠。」

「妳要帶回家養嗎？」

「啊！不了不了，」我搖搖頭，「我不會照顧貓的，我只喜歡看。」

「李心蕊也很喜歡貓。」他坐回自己的位置。

「真的嗎？」

「嗯，她還曾經為了想買一隻貓而存錢，只可惜沒有買成。」

「為什麼？」

「被別人買走了。」

「是喔……」我有些遺憾，「好可惜喔。」

李心蕊喜歡上貓的那一年，是我們在一起的第三年。

她不知道是受了誰的影響，每次只要看見貓，就像看見什麼一樣，會情不自禁地跑過去。

我對她說過，「妳喜歡貓的程度，已經到了想騙妳，只要抓隻貓就能成功的地步了。」她聽完之後用力地搖搖頭，「我看起來那麼單純、那麼笨嗎？」

雖然她極力否認，但我還是在一次測試當中，證實了我的論點。我只不過是在公園裡吃冰時無聊看著她熟悉的側臉，然後心血來潮地學了一聲貓叫，結果她立刻站了起來，四下尋找貓的蹤跡。

「果然，想要吸引妳的注意，只要學貓叫就夠了。」

「你幹麼耍我？」她佯裝生氣的模樣。

「我是在訓練妳，別太容易被騙走。」我咬了一口冰，繼續說：「妳就像一個小學生，陌生人拿個洋娃娃走過來，說要帶妳去多買幾個，妳就會跟著走了。」

她聽完還是用力地搖頭，依舊是一句老話：「我看起來那麼單純、那麼笨嗎？」

當我們在基隆路上的寵物店看見櫥窗裡的小貓時，她的神情與感覺就像是已經忘了自己叫什麼名字一樣。「那隻好可愛啊！」「啊啊啊！你看你看！那隻睡到翻過去了！」「哇！白褐相間的美國短毛貓好漂亮！」……

我只能站在她旁邊「嗯嗯嗯」地點頭，還一邊幫她向別人說對不起，因為她時常踩到別人的腳。

「我想要買隻貓。」忘了是第幾次去寵物店看貓的時候，她這麼說。那是晚上九點半，離她的宿舍門禁時間還有一個小時，離我要搭夜車回高雄的時間還有兩個小時。

「妳要買？」我有些驚訝。

「嗯，我要買隻摺耳貓。」她點點頭，「就是那隻！」然後伸手指著櫥窗裡眾多貓咪中，一隻很小很小的小貓。

「妳常來這裡看牠嗎？」我驚訝著她對那隻貓的熟稔，像是已經認識很久了。

「是啊，同學都知道我很喜歡那隻貓呢！」

「那隻貓多少錢？」

「兩萬塊。」

「兩、兩萬？」我右手比了個二，張著嘴巴說著。

「我已經開始在存錢囉。」她盯著那隻小摺耳貓，「而且我已經想好牠的名字了。」

「連名字都想好了？」

「對！牠就叫小綠。」她摸摸我的臉，俏皮地對我笑著。

或許取名小綠是對我的一種愛的表現吧，或許她希望「綠」可以一直陪在她身邊。替一隻貓取名叫小綠聽起來可能怪怪的，感覺那隻貓應該要是綠色的。不過，如果真有貓是綠色的，那可能會有很多人以為這貓中毒很深，需要天山雪蓮解毒之類的。

我在回高雄的客運上，不停地想著那兩萬塊錢。算了算時間，心蕊的生日也快到了，我正愁不知道該買什麼禮物送給她。沒想到就這麼巧，她告訴我她喜歡那隻摺耳貓，我相信那會是最好的生日禮物。

不過，兩萬塊對我來說真是一個大負擔。

回到高雄之後，有一天在學校餐廳裡用餐，看著電視新聞，新聞說民營電信已經開放，手機將會變成一種最普遍的隨身物，電信產業將不再由中華電信一家獨大。

電信公司隨後像一顆顆花苞綻放一樣地誕生：和信、遠傳、東信、泛亞、台灣大哥大……

於是上課的時候，我心不在焉地想著，如果我買了隻貓送給她當生日禮物，那她一定會非常開心，但是我就不一定會開心了，因為貓是送給她的，所以貓留在她那裡，她開心的時候我看不到，畢竟我們之間還隔著三百六十公里遠的距離。

但是如果我買了兩支手機，辦了兩個門號，再把其中一支送給她，那麼我們每天都可以用手機講電話，彌補一些距離造成的疏遠感。我就不需要再到公共電話去排隊，也不需要再忍受她的宿舍電話佔線。而她每天都能跟我說話，應該也會很開心，當然，我也會很開心。

一件是她非常開心，而我普通開心；另一件是她很開心，我也很開心，這樣該怎麼選擇呢？

「當然是選後者啊！這還用問嗎？」這天晚上的ＢＢＳ上面，阿智是這麼回答我的。

「你會選後者？」

「當然！」

「但是，她很喜歡那隻貓，怎麼辦？」

「貓可以以後再買，但手機可以牽繫遠在兩端的兩個人，你說哪一個比較重要？」

「是這樣啊？」

「當然是這樣！要不是我沒什麼錢，我早就買一支手機寄到花蓮去給蔡心怡了！」

阿智丟過來的訊息非常具有說服力。

於是我很輕易地就被阿智說服了。隔天下午，趁著沒課，我拿著存摺到銀行去，把所有的錢都領了出來，裡頭有我以前存下來的一點點錢，還有過年時的壓歲錢，算一算，剛好兩萬多一點。

當我拿著存摺走出銀行，看著存摺那最後一行的數字寫著「76」時，天空立刻下起雨來，而且下的還不是普通的小雨。「老天啊，有必要在這個時候替我的存摺哭泣嗎？」

坐在騎樓裡等雨停時，我的心裡這麼說著。淒涼的感覺就像馬路上被淋濕的紙屑一樣。

雨停之後，我到了一家通訊行，買了兩支手機，辦了兩個門號，兩萬塊瞬間變成兩千塊。不過，我心裡一點難過的感覺都沒有，我很興奮地拿著手機回到宿舍，然後打電話給李心蕊，想給她一個驚喜。

第一通，下午五點半，電話那頭沒人接，我想可能她的宿舍裡沒人。

第二通，晚上接近七點，電話那頭還是沒人接，我想可能她跟她的室友都出去吃晚飯了。

第三通，晚上八點半，電話被接起來，是她的室友，她說李心蕊還沒回來。

第四通，晚上十點，電話被接起來，是同一個室友，她還是說李心蕊還沒回來。

第五通，晚上十一點，電話被接起來，是另一個室友，她說她正在跟男朋友講電話，請我不要再插撥。

第六通，晚上十二點，電話被接起來，是第三個室友，她說時間已經很晚了，請我不要再打電話去。

我的擔心著急已經像是滾燙的開水一樣翻騰著，我不知道她出了什麼問題，或是她是不是在外面遇到什麼危險。

一直到深夜一點多，我的宿舍電話響了，「對不起，閔綠，我忘了跟你說，我明天有活動，所以今天要去會場準備，一忙起來什麼都不記得了，一直到剛剛才想起我忘了告訴你。」她說。

電話那頭的她不停地跟我說對不起，原本我翻騰的情緒終於在聽到她的聲音之後平靜下來，但隨之而來的卻是無名的憤怒。

「妳就不怕我擔心嗎？」我的語氣不是很好。

「別生氣嘛，對不起……」

「妳不知道我會一直找妳嗎？」

「別生氣……」

「都已經過了門禁時間了，為什麼妳還在外面？」

「我剛跟你說了，我們今天要把會場準備好……」

「那妳已經不能回宿舍了怎麼辦？妳現在在哪裡？」

「在一個學長家。」

「學長？」

「嗯，他是社團的學長，不過你別亂想，我們社團所有的人都在這裡過夜。」

這個時候要一個男人不亂想真的很難，但我還是努力地壓抑自己的情緒，「好吧，妳安全就好了，我本來想跟妳說一件會讓妳驚喜的事，看樣子現在不是適合說的時間。」

「別這樣嘛，你還是可以告訴我啊。」

「改天再說吧。時間晚了，妳快去休息吧，我要睡了。」

沒有等她說晚安，我就掛上電話。

轉頭看見放在桌上還沒有拆封的兩支新手機，我心裡不太舒服的情緒，與那兩支手機代表的驚喜，頓時之間，形成強烈的對比。

這個時候要一個男人不亂想真的很難。

21

「學長？什麼學長？」阿智坐在我旁邊，喝著他手上的優酪乳。這是他第二次從台中下來找我，目的還是一樣，「見網友」，只不過這次換他陪別人去見，那個別人是他同學。

而我已經兩個星期沒見到李心蕊了。

「你為什麼會喝優酪乳？」我把他的問題放在一邊，好奇地問他。

「蔡心怡說的，她說要吃健康食物。」

「優酪乳是健康食物嗎？」

「我也不知道，但總比可樂健康吧？」他指了指我手上的可樂。

「欸！」我看了可樂一眼，搖搖頭，「隨便啦，還不是一樣都是喝的。」

「你剛剛說什麼學長？」他突然想起了我還沒回答他的問題。

「她社團的學長。」

「她到底參加什麼社？」

「服務性質的社團，我也背不來那名字。」

「類似春暉那種喔？」阿智又喝了一口優酪乳，然後打了一個跟雷聲差不多的嗝。

「哇靠！你是雷克斯龍喔？這麼大聲？而且應該是我要打嗝吧，我喝可樂耶！」我把身體往後閃了一下，我怕聞到恐龍的嗝味。

「這樣表示優酪乳有飽足感嘛，」他一臉滿意的神情，「我家蔡心怡真聰明。」

「……」

「你還沒說完啊。」

「要說啥？」

「她在那學長家住了幾天？」

「不知道耶，不過，應該有好幾天吧。至少這兩個星期她有好幾次都在那個學長家打電話給我。」我喝了一口可樂，這次換我打嗝。

「喔幹！啊不然你是金剛喔！這麼大聲！」他也跟我一樣把身體往後閃。

「這表示可樂有爽快感啊。」

「……你擔心嗎？」停頓了一下，阿智轉過頭來問我。

我也轉頭看了看他，原本應該很直接爽快而且無須思考地說出「一點都不用擔心」七個字，但我竟然咬著上唇，眼神閃爍眼皮不停眨啊眨的，一個字也說不出來。

「不會吧。」一會兒之後，我吐出來這三個字。

「什麼不會吧？」

「不會……需要去……擔心吧。」我說：「你說的擔心是……擔心她被追走？」

「不然還有啥好擔心的？」

「喔。」我想我的臉上一定寫滿了擔心兩個字。

「好啦，」他拍了拍我的肩膀，「免擔心免煩惱，不會啦。我剛剛問了一個笨問題，你當作沒聽到嘿。」

那天晚上阿智就回去了。他要回去之前撥了我的手機，說他要趕快把他同學送回台中去找道士，我以為出了什麼事，後來他說他同學被網友嚇到，三魂七魄都罷工了，「目前呈現癡呆狀態。這也難怪，他跟他的網友在網路上相戀了好幾個月，一見面發現對方寄來的照片是變身前，當然會受驚。」

而這天之後的一個星期，我只接到李心蕊一通電話，她給我的理由是不方便一直用別人家的電話打給我。不過，我覺得奇怪的是，為什麼這個活動會持續這麼久？

「這是市政府社會局辦的活動，有好幾個梯次，我們都是義工，不好推辭嘛。」這是她的答案。

「每次一定都會超過宿舍門禁時間嗎？」

「閔緣，沒有每次啦，有時候我回到宿舍已經很累了，所以才沒有打給你。」這是她的說法。

「妳知道我們已經二十一天沒見面了嗎？」

「嗯嗯，我知道。」

「妳知道下個星期妳生日嗎？」

「嗯嗯，我知道，今天我有翻到記事本。」

「妳知道我已經準備好禮物了嗎？」

「真的嗎？」她驚訝地說。

「嗯。不過，妳有空拿嗎？」

「呃……」她支吾了一會兒，「下星期六是最後一個梯次……」

「所以是沒空囉？」我不喜歡這麼說話，連我都覺得自己咄咄逼人。

「嗯……」

「所以，連妳生日我都見不到妳囉？」

「別這麼說嘛，閔綠，以後再拿也可以啊。而且期中考就在我生日之後，考完我們再見面，才不會耽誤考試啊。」聽得出來，她在極力安撫我的情緒，她的聲音裡，有特別替我準備的撒嬌意味。

我算是有比較釋懷一些，算是。至少在掛電話的時候，我的情緒是平靜的，她的聲音是開心的，她用來結尾說再見的是「很想你喔，親愛的」，所以我算是釋懷了些。

算是。

坦白講，我不喜歡自己這樣子。好像不夠成熟，好像半生不熟，好像永遠都會為了這樣的事情變得熟不像熟。「不過，因為在乎才會這樣啊，不在乎的話我幹麼沒事找事幹？」我用這句話來替自己的半生不熟找藉口，好像還滿合理的。

俗辣智第五次打電話給蔡心怡的時候，她又在吃麵了，那「速速速速」的聲音再一次迴盪在他腦海中。

這次俗辣智很聰明地沒問她好不好吃，他只說天氣不錯。

「你哪壺不開提哪壺？」這是俗辣智說完「天氣不錯」之後，蔡心怡的回答。

「我只是故作輕鬆，不想影響妳吃麵的心情嘛。」阿智用無辜的聲音說著。

「你少給我裝嫩！老娘今天那個來，已經痛得讓我想撞牆了，今天我同學又惹得我想放火燒宿舍，你最好快點告訴我你打來要幹麼，不然我下次看見你一定把你給撕開！」這是蔡心怡撂下的狠話。

「她、她竟然……她竟然說『老娘』耶！」阿智……喔不！是俗辣智。俗辣智打電話給我的時候，語氣是多麼地驚恐。

「你真是找錯時間打了。」我說。

「我哪知道她什麼時候生理期啊！我擲筊嗎？」

「也對啦。」電話這頭的我點了點頭，「那你後來說什麼？」

「我說我想請她看電影。」

「然後呢？她說？」

「她說好。」

「哇塞！」我叫了一聲，「阿智，你出運了！」

「出你媽個B！」他罵了一句，「她說如果她在那碗麵吃完之前沒看到我去接她看電影，她就要親手把我當螞蟻一樣地揉爛。」

「……」

「所以我是打來問你，有沒有認識空軍？」

「空軍？」

「對啊，請他們把我載過去，從台中清泉崗到花蓮空軍基地只要六分鐘。」

「空你媽個B！」我回敬他一句，「你還是準備當螞蟻吧！」

女生那個來，不要招惹她。

22

因為阿智的餿主意，在李心蕊生日的前一天下午，我特地蹺了三節課，跑到高雄車站去搭車前往台中。而我們最後的目的地是台北，因為阿智的餿主意。

「帶著你要送她的手機，還有一顆難掩興奮的心，對下星期就要期中考的威脅毫不畏懼，搭上一共有六個輪子的統聯客運，奔馳在國道一號這條已經讓政府收錢收到臉皮厚到極限的路，往五光十色繽紛燦爛的台北，去等待你心愛的她，讓她感到驚喜，在接過你手中這裏滿了愛心的手機時，為你掬一滴感動的眼淚。」阿智不知道哪來的興致，瞎掰胡謅了這一大堆東西。

「講得簡單一點，就是去台北送手機給她，讓她感到驚喜嘛！你說這麼一大堆幹麼？」

「我要講得讓你也覺得很美，你才會有動力啊。」

「啥動力？」

「去台北的動力啊。」他說。

我沒辦法說他錯，因為他確實說動了我，讓我帶著手機去台北找李心蕊，雖然原本我已經不寄望在她生日的時候可以見到她。

很不巧的，高雄下了大雨，在我要出發時，那傾盆大雨已經下了好幾個小時了。

我騎著可愛的小機車，幾乎是一身濕地抵達高雄火車站，那便利商店買的二十元雨衣對這大雨來說沒有多大的用處。那天我穿了一件很多顏色的T恤，還有一件卡其色的褲子，不過因為都濕了一半的關係，從玻璃門的倒影看起來，我像隻戴著安全帽的公雞。

我的位置被一個阿公給坐走了，他在我的位置上呼呼大睡，還發出類似史前生物的鼾聲。基於禮讓座位給老弱婦孺的觀念，我就站在我的位置旁邊，不好意思叫醒他。

火車經過嘉義時，雨已經停了。我那濕了一半的衣服跟褲子也大概乾了一半，不過因為空調的關係，我打了幾個噴嚏，有點擔心會因此而感冒。

火車停在斗南站時，那個阿公醒了，他第一個反應是拉住我的衣服，「這裡是哪裡？」他口操台語，用那驚醒後佈滿血絲的眼睛看我。

「斗南。」我說。

「斗南？」他大驚，立刻站了起來，拿著他放在行李架上的大包小包，「夭壽喔！坐過頭了啦！」很快地，他離開了位置，離開了車廂。

阿公離開之後，我總算有機會坐回我的位置。不過才坐了幾秒鐘，就看見一個阿嬤走進來，她的眼睛四處搜索著空位，她的肩膀和背上都掛著一堆東西。

我站起來，把位置讓給她，她只說了一句「你很乖」，就把我的位置當成她的床了。

站了將近兩個小時，到台中的時候，我的腿已經有點麻了。在火車站出口看見阿智坐在他的機車上，還戴著一副太陽眼鏡。

我看了看天空，再指著他的太陽眼鏡，「這……你哪隻眼睛看見有太陽？」

「沒關係啦，找機會戴一下嘛。」他把眼鏡摘了下來，轉了幾圈，「地攤貨，才一百五十塊。誰叫你上次把我的太陽眼鏡砸爛。」

「你還敢說！」我皺起眉頭，「我沒把你的骨頭拆了已經算很仁慈了！」

「我買到的是晚上的車票，還有好幾個小時，先去我宿舍吧。」阿智丟了一頂安全帽給我，接著把他買的票遞給我，然後示意我上車。

我接過票看了一看，晚上九點多的車子，從台中到台北。

大概騎了二、三十分鐘，阿智的學校到了。只見他很熟練地騎進學校，然後左彎右拐，經過了幾棟建築物，又騎過了兩個機車停車場，上了一個小陡坡，最後他在一棟到處都是男生走來走去的建築物前停了下來。

就在我下了車，要脫掉安全帽的同時，我聽見有人大喊：「蕭柏智！你又把車子騎到宿舍門口！我看你是找死了！前面就有兩個停車場，你為什麼每次都要騎上來？」把頭探出窗戶大喊的是一個留著一臉鬍子的男生，看來是男性荷爾蒙分泌過多。

「麥安捏啦，學長！」阿智一邊脫安全帽一邊回應他，「晚上八點之前會把你的便當送到你面前，還包裝精美。」

「很好，」那大鬍子展開笑顏，「八點整我的手機會自動撥出拖吊電話喔！」他說完就把頭縮回窗戶裡。

「那是誰？」我好奇地問。

「舍監，也是我的學長。」

「幾歲了？」

「三十七。」

「三、三十七？」我瞪大了眼睛。

「嗯，他可是個奇才，家裡有錢，爸爸是大公司老闆，可是他不想接任何他爸爸交給他的工作，所以就拚命念書。」

「念書念到三十七歲？」

「別看他這樣，這是他念的第五所大學，碩士不說，光是學士學位，他就有七個了。」

我聽了有點吃驚，心想這世界上的怪人還真多。

「那你剛剛說便當是什麼意思？」

「他的精神糧食，就是A片。」阿智轉頭，詭譎地笑了一笑。

「A片為什麼要叫便當？」

「他自己說的，一生寧可不吃飯，A片不可以不看。他看A片就飽了，所以A片就是他的便當。」

「那你為什麼有他的便當？」

「我花時間替他到網路上抓片燒片，他付我錢。我當這是賺外快。」阿智說：「一片八十塊，十片就八百囉。」

阿智到了寢室之後，開始忙著打開電腦、整理桌子，然後拿出一大筒空白光碟。他的室友只有一個在，他坐在位置上，沒穿上衣，只穿條四角褲，身材相當瘦小，頭髮一整個爆炸，正在盯著電腦螢幕打電動。他轉頭看了看我，說：「你好啊，阿智的朋友啊？」

「我室友之一，豹哥。」阿智指著這位豹哥說。

「你好啊，豹哥。」我笑著點了點頭，豹哥也笑著回禮，然後就回頭繼續打他的電動。

「你知道他為什麼叫豹哥嗎？」阿智問。

「他混過黑社會？」我開了個玩笑。

「不是，因為他玩單機版三國誌超強。三國誌裡最爛的武將，叫作曹豹。」

「我知道他，」我點了點頭，「他的智力跟武力都只有十三。」

「偏偏豹哥最喜歡把曹豹當主帥，他還曾經用曹豹打贏跟周瑜的戰役。」

「幹！好強！」我不小心說出髒話，「周瑜的武力八十六，智力更高，有九十六耶。」

「所以應該叫他一聲豹哥吧。」阿智說。

「應該應該，不叫聲豹哥無法表達內心的敬佩之意。」

「不過，我常常在想，如果三國時代就有數學或物理這種東西，那曹豹就死定了。」

「你想這個幹麼？」我不明白阿智的想法，理不出頭緒地問著。

「你想想，如果開打時，周瑜問了曹豹一個數學題，當曹豹想不出來的時候，周瑜趁機一刀砍下去，豈有活命的機會？」

「幹！你想太多了！」豹哥跟我同時說出相同的話。

「啊！你們不懂啦！智者永遠想得比愚者多啊！」阿智說。

阿智才剛說完，豹哥就開始大笑，「哇哈哈哈哈哈哈哈，司馬懿，今天我曹豹就要來除掉你，以報昨夜的一箭之仇！」豹哥興奮地把腳放到椅子上，伸手抓了抓他的頭髮。

「你看，」阿智看了看豹哥，然後對著我說：「他昨天晚上打輸司馬懿，今天要去報仇，你看他的頭髮就知道他有多怒髮衝冠了。」

阿智邊說邊操作他的電腦，把一大堆檔案都放到燒錄程式去。然後他放進一片光碟，機器就開始運轉了。

「你四處晃一下，我先做幾個便當。」阿智轉頭對我說。

我先是無聊地看著阿智燒A片，然後又看著豹哥打三國誌，接著拿出我的手機，撥出李心蕊的宿舍電話。

「喂？」電話被接了起來，是她的室友。

「喂，妳好，麻煩請找李心蕊。」

「她不在喔，昨天到今天都沒看到她。」

「喔……」我應了一聲，「謝謝妳。」

「不客氣，要幫你留話嗎？」

「不，不用了，謝謝。」

電話掛上的那一剎那，我有一種不太好的感覺。

昨天到今天都沒看到她。昨天到今天都沒看到她。昨天到今天都沒看到她。昨天到今天都沒看到她。昨天到今天都沒看到她。昨天到今天都沒看到她。昨天到今天都沒看到她……

她室友的話，在我掛了電話之後，還在阿智的寢室裡，飄啊飄的。

曹豹：司馬懿，今天我要取你項上人頭！

司馬懿：來，3×7＋6×5 等於多少？

曹豹：啊……

23

昨天是李心蕊的生日。台北的天氣，還可以。早上的第一道陽光，從他們學校後門那棵大樹和女生宿舍的中間透過來，空氣是寒冷的，氣溫大概只有十二度左右。我抬頭看了一看，天有點藍，但愈往西半部就有點灰。果不其然，八點之後的車子多了，雲也跟著多了，太陽不見了，只剩下一圈圈的光暈貼在天空上。

阿智啃著夾了兩顆荷包蛋的饅頭，喝著還有碎冰在裡面的豆漿，我懷疑他的牙齒跟舌頭會不會凍僵。他旁邊來了兩隻狗，在他腳下搖著尾巴、看著他手上食物，而他很白目地吐了一口豆漿給牠們，牠們舔啊舔的，乾脆就坐在地上等阿智吐第二口。

我手上有一個三明治，還有一杯冰奶茶，但是我吃不下。我捏了一小塊三明治，丟到狗兒之間，牠們很快地就吃掉了，我再捏了一塊丟過去，牠們又很快地吃掉了。

早上九點半，我的眼睛幾乎快要睜不開來，從未有過的疲憊感像狂潮一般地朝我壓過來。那兩隻狗兒現實得很，當牠們看見我跟阿智手上已經沒有食物，就搖著尾巴，小跳步地離開了。

昨天晚上十點半，我聽見那棟女生宿舍的布穀聲準時響起，一共叫了十聲布穀。李心蕊告訴過我，那是女生宿舍的門禁鈴，提醒還在宿舍附近徘徊的女生快點進宿舍。阿智說，這個設計還真是貼心。

是不是很貼心，其實我並沒有特別的感覺，因為那十聲布穀對我來說是傷心。因為夜裡的十點半，女朋友的生日夜，宿舍門禁時間又過了，她還是沒有回來。

我跟阿智騎上租來的摩托車，在台北市裡亂晃，冷風吹得我的臉有點刺痛感。那個白癡阿智只記得租車不記得加油，害得我們至少牽著車子走了兩公里才找到加油站。

李心蕊想買的那隻摺耳貓已經不在了。我很笨地問店員，「那隻小綠賣掉了嗎？」店員用很奇怪的眼神看我，我才驚覺他根本不知道小綠到底是什麼東西。

「你都還沒買就已經幫貓取好名字啦？」店員說：「你喜歡哪一種貓？我幫你介紹介紹啊。」他像是見獵心喜一樣，熱心地幫我介紹櫥窗裡的貓。對他來說，一個還沒買貓就幫貓取名字的客人絕對是大獵物。

但，不是那隻小綠我就是不要啊，任他再怎麼說我就是不要嘛。

阿智靠在摩托車上，一邊喝著他的麥香紅茶，一邊在寵物店外面等我。當他看到我悵然若失地從寵物店裡走出來時，他說：「早知道就叫你買貓，不要買手機。」我聽了，不自覺地笑了出來。

那加油站旁邊有間網咖，寫著：「每分鐘一元，深夜半價。夜貓族大放送！」

我跟阿智走進網咖，向櫃台買了兩個小時，共用一台電腦。

他先登入台大BBS站找他親愛的蔡心怡，雖然蔡心怡並不認為阿智是她的親愛的。

他跟蔡心怡之間的對話很爆笑，幾度讓我笑得差點肚皮抽筋。但笑著的同時我心裡卻有一種感覺，一種疑惑感，疑惑著為什麼我明明笑得如此開心，心裡卻覺得很酸呢？是什麼不在了？是什麼不見了？還是什麼變了？

突然在這個時候發現，阿智對我來說，也有熟悉的側臉。

我看著他專注地跟蔡心怡聊天，嘴角一直掛著微笑的模樣，心裡不停地對著那張熟悉的側臉說：「如果暗戀就能這麼快樂，我何必選擇去緊緊抓住誰呢？」

這一夜，我跟阿智在漫畫王裡面度過，他很快就睡著了，像個孩子。我在翻了兩個多小時的漫畫之後，終於也承受不住瞌睡蟲的攻擊，躺在阿智對面的沙發上睡了。

我在早上七點時驚醒，一度以為我睡了一個世紀。看了看手錶，還好還來得及。阿智被我搖醒的時候有點迷糊，他問，「來得及什麼啊？」

「去等李心蕊啊。」我說。

「你確定她早上就會回來嗎？」

「不確定，但是我想去等。」

「唉……」阿智看了看我，搖搖頭，「交到壞朋友。」

在買早餐的時候，阿智逗趣地對著賣早點的歐巴桑說：「阿姨，饅頭夾 two 蛋！」說著說著，他比了一個二。

歐巴桑當然不懂他說什麼，以為這個年輕小夥子嗑藥嗑得凶，連買個饅頭夾蛋都要搶鏡頭。

「你說什麼兔蛋？」歐巴桑不耐煩地說著，「兔子不生蛋的，我這只有雞蛋，沒有兔蛋。」

「呃……就是饅頭夾兩顆蛋的意思。」阿智自己窘了起來。

「夾兩顆蛋就夾兩顆蛋，幹麼講什麼兔蛋兔蛋的？真不懂你們年輕人在想什麼。」歐巴桑一邊看著阿智，一邊碎碎唸著。

我只睡了不到兩個小時，我的眼睛很痠，精神很恍惚，還一度把三明治講成了桑迷住。

「你要不要把手機交給她的室友或是舍監就好，你這樣嚴重睡眠不足，看起來跟流浪漢差不多耶。」阿智拍拍我的肩膀。

「不行，」我搖搖頭，「我一定要親手交給她。」

早上九點四十五分，我撐著的眼皮已經接近極限。這時，李心蕊的身影出現在她的學校後門，但她不是用走的，是坐著的。坐在哪兒？坐在一個男生的摩托車上。

她左手拿著一袋好大袋的東西，右手還提著一個塑膠籃。

她跟那個男生似乎相談甚歡，好像他載著她從很遠的地方過來還聊得不夠愉快一樣地停不下來。聊著聊著，李心蕊突然大笑起來，然後，下一個畫面讓我的心臟有一種差點被捏碎的痛覺。

她笑著把頭靠在他的肩膀上，他右手摸了摸她的頭髮，左手摟在她的腰上。

「幹你媽的你快過去啊！杵在這裡是在幹麼？當路燈喔！」阿智一邊推我，一邊說著，「趁現在過去，讓那個男生知道你的存在！」

走過馬路，我提著裝有手機的袋子的那隻手不停地顫抖，隨著我一步一步接近，我的心跳一步一步地加快。這個戴著全罩安全帽的男生，就是李心蕊說的學長嗎？

本來李心蕊還在跟那個男生說話，男生背對我，李心蕊面對我的方向。當李心蕊的視線從那個男生的臉上移動到我的眼睛時，她的表情，不是驚訝，不是開心，不是高興，當然也就沒有什麼所謂的驚喜了。

是驚嚇，她的表情，是一臉的驚嚇。

「閔綠……」她的聲音在發抖。

那個男生回過頭看我，我的視線也沒有離開他的眼睛。幾秒鐘之後，他把安全帽拿下來，「你好，我是李心蕊的學長。」他伸出手，臉上帶著微笑，示意要跟我握手。

我沒有伸出手，我想我不是個大方的男生。在看見自己的女朋友跟別的男生有多餘的肢體接觸時，我真的沒辦法大方得起來。

我把視線從她的學長身上移到李心蕊的眼睛，她已經不敢正視我。只見她低下了頭，看著自己手上拿的大袋子，還有那個塑膠籃。

這時，我聽見貓叫聲從那個塑膠籃傳出來。下一秒鐘，我的世界突然靜止。

原來那並不是塑膠籃，而是一個寵物籃。

我不知道我的世界靜止了多久，直到阿智走到那個學長旁邊，說了一句「你到底滾不滾」，我才醒了過來，阿智的眼裡似乎在冒著火。

我想那個學長應該是被嚇了一跳，他愣了一下，看了看阿智，然後轉頭對著我說：「我跟李心蕊不是你想的那樣，我們只是普通朋友。」

「講這麼多廢話幹麼？你到底滾不滾？」阿智用手拍了拍那個學長的肩膀。

「你說話就說話，別動手動腳。」那個學長站了起來。

「你現在站起來是怎樣？有事要處理是嗎？我跟你處理你覺得如何？」阿智又上前一步，他跟那個學長之間的距離大概只剩下五公分。

我想，正常人不會在看見阿智強壯的身體和冒火的眼睛之後，還打算跟他硬碰硬的，那個學長發動了摩托車，轉頭看了李心蕊一眼，然後就催了油門離開了。

不知道安靜了多久。阿智在嗆走那個學長之後，乖乖地回到馬路對面，坐在我們租來的摩托車上。

從那個學長離開之後，李心蕊就沒把視線放在我的眼睛過，我只是一直靜靜地看著她，我想說些什麼，卻不知道該說什麼。

「這貓……」我指了一下寵物籃，「我是說小綠，妳真的買了？」

「……」她還是低著頭沒說話。

「牠……還叫小綠吧？」我繼續問著。

「……」

「牠……是不是還叫小綠啊？」我還是繼續問著。

「……」

「牠……該不會已經不叫小綠了吧？」我故作輕鬆，還刻意笑了出來。

「閔綠，」她終於抬起頭來看我，「你不要這樣，我現在很亂，我們能不能晚點再說？」

昨天是李心蕊的生日。台北的天氣，還可以。早上的第一道陽光，從他們學校後門那棵大樹和女生宿舍的中間透過來，空氣是寒冷的，氣溫大概只有十二度左右，但現在好像只剩下兩度。

我抬頭看了一看，天已經全灰了。

我把要送給她的手機遞過去，她不接，我便把手機放在她的大袋子裡。那個大袋子裡有好幾個包裝好的禮物，我想，那是她的生日禮物吧。昨晚的她，應該跟別人過了一個很快樂的生日夜。

「生日快樂。」在她轉頭離開之前，我說。

生日快樂。

24

枯坐在咖啡館裡兩個小時，天已經黑了。李心蕊說，那是那年冬天，台北的第一場雨。

雨下得像霧一般綿密，下得悠悠久矣，咖啡館裡的雨天，像下了一個世紀。每一個推開大門走進來的客人，都會撥一撥自己的頭髮與衣服，試圖撥掉一些雨滴。

「如果能擁有一間咖啡館，那有多好？」

她說，但目光依然停在窗外那濕漉漉的馬路上。

我沒有說話，只是看著她「熟悉的側臉」，我記得我問過她，熟悉的側臉，有什麼特殊的意義？

現在我懂了，那是另一個世界。

我在下午時打電話給李心蕊，用我的手機打給我送給她的手機。

我以為應該不會通，因為我以為她在這個時間點，這樣的節骨眼上，並不會想要使用這份禮物。

但是通了。

才響了兩聲她就接了起來，我告訴她，我希望能跟她談一談，她在電話那頭只是沉默。我問她什麼時候有空，她說接近傍晚時。我問她能否面對面好好地聊一聊，她過了好久沒說話，直到我問了第十次「我們能不能去喝杯咖啡？把這將近一個月來的距離跟無形中出現的問題，好好拿出來談一談呢」。

「也該是時候了。」她說。聽到這個答案，我有點驚嚇。

此刻，她面前擺著的是一杯卡布其諾，她喝了一口說，太甜。

我坐在她的對面，飲料是一杯果汁，一杯只有柳橙味，卻沒有果汁感的果汁。

「什麼時候的事？」看著她熟悉的側臉，我終於有勇氣把想問她的話說出口。

「你在問什麼？我不懂你在問什麼。」她把視線從窗外的雨轉回我身上。

「妳跟那個學長。」

她好像有點受不了一樣地吐了一口氣，發出了像是「厚」的聲音。看著她的表情，我的心情有點混亂。

「不想說嗎？」

「有什麼好說的。他也已經跟你說了，我們是普通朋友，你為什麼不相信我？」

「妳跟他之間的肢體動作不像普通朋友。」

「我們只是談得來，感情好，那都沒什麼的。」

每一個字，李心蕊都說得好用力。

「我跟學長就只是學妹跟學長，朋友對朋友的關係。」

「妳昨晚睡在哪裡？」

她咬著下唇，兩手放在桌上，十指相扣，身體不自然地左右晃動，視線從不在同一個地方停留超過半秒鐘。

「學長家。」她回答這句話的時候，已經是我問了問題之後的五分鐘。

「妳所說的市政府辦的活動，昨天真的有嗎？」

「有。」

「幾點結束呢？」

「晚上十點。會場全部撤完已經晚上十點了。」

「然後呢？你們去了哪裡？」

「錢櫃唱歌。」

「為了幫妳慶祝生日？」

「對，社團的人大都有去。」

「幾點離開呢？」

「我沒印象了，我喝了酒，迷迷糊糊的。」

喝酒？我的李心蕊已經會喝酒了？

「我不知道妳會喝酒。」

「大家開心，我也不覺得喝點小酒有什麼，更何況我們都成年了，那不是什麼大不了的事。」

「嗯，我同意，那確實不是什麼大不了的事，」我點點頭，「之後，學長載妳回家？」

「嗯。」

「只有他跟妳？」

她看了看我，那張咬著下唇的嘴顯得更是鮮紅。然後她點點頭，喝了一口她說很甜的卡布其諾。

「對。」

「只有『他跟妳』？」我特別加重了語氣，我知道我已經皺起眉頭。

「他的家裡，只有『他跟妳』？」我再問了一次。

「對，我不想，也不會騙你。」

「幹他媽的……」這是我第一次在她面前罵出髒話來，她的表情很驚訝。

「你……」她似乎想說什麼，但話到喉頭又吞了回去。

我閉上眼睛，努力壓抑自己的情緒，「對不起，我不該罵髒話。」

「你已經罵了。」

「對不起。」

經過一段時間的沉默，我們都把視線放在莫名其妙根本不該放的地方。

「妳已經迷迷糊糊了？」我先開口說話。

「我到他家的時候，是清醒的。」

「他有沒有……」

她看了我一眼，「你想問什麼？」

我頓了一頓，深呼吸了一口氣，「妳覺得我還能問什麼？」

「關閔綠，我不是隨便的女孩子。」她說，很嚴肅地說。

「好，」我再一次閉上眼睛，沉住氣，「我為我這樣的懷疑再一次向妳道歉。」

「既然明知會道歉，你何必問這個問題？」

「現在我是妳的男朋友，妳不能剝奪我有知道這種事情的權利。我可以了解被懷疑的痛苦，但妳能不能站在我的角度想一想，當我這樣懷疑妳，心裡會不會比妳更痛苦？」

她聽完，沒說話，只是別過頭去，繼續看著窗外的雨。

「那隻貓，妳買的？」我換了個問題，避免兩個人可能會開始大吵的衝突。

「不是。」她搖搖頭。

「不會吧？」我否定了我心裡那個「學長送的」的答案，但她的回答卻瞬間推翻了我。

「學長送的。」

「我的天啊……」我整個人往後倒，半癱在椅子上。

「我並沒有要求他送我貓。」她說。

「重點並不是要求與否啊。」我下意識地握起拳頭，「而是他為什麼會知道那隻貓？」

從她的表情，我可以看出，她明白我的意思了。

原來，她能夠毫不遲疑地指出她喜歡哪隻貓，是因為她跟那個學長時常一起去看貓。

如果他們會一起去看貓，那就表示他們會一起去旁邊的夜市；他們會一起去旁邊的夜市，就表示他們時常一起吃飯；他們時常一起吃飯，那也就表示他們應該時常在一起；如果他們時常在一起，那就表示他跟她之間，可能很難有純友誼關係。

「日久生情」的故事時有所聞，只是我並不知道，有一天，這句話竟會活生生地在我身邊上演。

之後，我們沉默了多久，我已經沒印象了。我的思緒亂七八糟的，像是有枝筆在一張白紙上快速地亂畫，我難過著這段原本我以為沒有什麼風浪的關係竟然如此暗潮洶湧，我擔心著我所謂的初戀會不會就這樣寫下句點。

我想，我們沉默的時間，已經長到夠她去思考，到底誰在她心裡面，才是「現在」的依賴。

「三百六十公里，真的有這麼長嗎？」靠在椅背上，我有些無力地說著。

她的視線還停在窗外的雨天，但她的眼淚，已經淌在她的臉上。

「妳回答我，好嗎？三百六十公里，真的有這麼長嗎？」

「我不知道……」這是她的回答。我聽了有點心痛。

「他向妳表白過了嗎？」

她擦了擦眼淚，點了兩下頭，「有。」

「他知道妳有我嗎？」

「知道。」她又點了點頭。

「他知道我很愛妳嗎？」我說，說完我的眼淚就不聽使喚了。

大概是聽到我哽咽的聲音，她有點吃驚地轉過頭來，我的眼淚很乾脆地直接掉在我的大腿上，連畫過臉頰都沒有。

「他知道妳的腳踏車會掉鏈嗎？」

「他知道妳不吃剉冰，因為妳有敏感性牙齒嗎？」

「他知道妳不吃牛，所以牛排館的浪漫晚餐不會發生嗎？」

「他知道妳的心算很好嗎？」

「他知道其實妳的手很美嗎？」

「他知道那一間有個服務生很像張雨生的義大利麵館嗎？」

「他知道其實妳最喜歡聽〈天天想你〉嗎？」

「他知道什麼是『熟悉的側臉』嗎？」

說到這裡，我不知道自己究竟掉了幾滴眼淚，而她已經摀著嘴巴閉著眼睛，雙手靠在桌上，哭得不能自己了。

「妳喜歡他嗎？」終於，我鼓起最後的勇氣，問了最該問的問題。

她沒有回答，只是一直拿面紙擦掉臉上的眼淚。

「三百六十公里，果然很遠……」我忍住會大哭的情緒，繼續說著，「妳是對的，妳說過，距離是澆熄愛情的第一桶冷水，妳真的是對的。」

「我愛妳。」我伸手拿了放在桌沿的帳單，然後站了起來，「我愛妳」這三個字，我說得好自然。「這句話，妳在兩年前對我說過，其實，當時我就想立刻回應妳我也是，只是我一開心就忘了。我的手機會一直開著，如果妳回心轉意，請妳用我送給妳的手機打給我。不過，在這之前，請妳答應我一件事。」

「……什麼事？」抬起微腫的眼睛，她看著我。

「那手機，不管妳最後選擇我還是他，都請妳不要還我。妳不用也好，要丟掉也罷，只要別還我，我都會認為妳還把它好好地留在身邊。」

我拿著帳單走向櫃檯，一杯咖啡一杯果汁要三百六十塊，我在心底罵了一聲幹。

當我走向咖啡館門口，準備離開時，我轉頭看了看她熟悉的側臉，突然，心裡什麼話都說不出來。

我到漫畫王去找阿智，一句話都沒有說。阿智真的是我最好的朋友，他也什麼都沒有問。

我們立刻買了車票離開台北，我對著阿智說，我可能永遠都沒有理由再回到這個城市。

阿智點點頭，「那就這樣吧。」

我已經沒有理由，再回到這個城市。

「所以，你們分手了？」我問關老闆，並且仔細地看著他的眼睛，看看他會不會因為提起往事而哭泣。這一大段故事，連我聽了都覺得有點心酸。

我摸了摸在我腿上的小綠，牠還是一動也不動地乖乖坐著。

「那個時候還不算分手，她說她需要思考。」關老闆回答。

「不過，坦白說，距離真的是一種問題，它就像顆不定時炸彈。」

「不定時炸彈？」關老闆有些訝異，「這形容詞真是生動。」

「是啊，你不覺得嗎？你根本沒辦法去猜測離你很遠的對方，現在會不會覺得寂寞、是不是心情失落、需不需要有人安慰，對吧？」

「嗯。」關老闆點點頭。

「所以，如果這時剛好出現一個人陪伴他、開導他、安慰他，這炸彈就等於是上了引信，爆與不爆好像都要聽天由命。」

「妳這番見解真獨特。」

「我只是用比較能了解的方式形容。」我笑了一笑，「那後來呢？」

「後來，發生了滿多事的，大都是難過的事。」

「都是難過的？」

「嗯，我大二那一年，真的只有一句成語能形容。」

「什麼成語？」

「多事之秋。」關老闆稍稍低下了頭。

變化

媽媽去世了，在一個天剛亮的早晨。

外婆打電話告訴我的時候，聲音是很冷靜的。

「請個假回來吧。」外婆只有這麼說。

我坐在宿舍的床上，一臉呆滯，

室友被我的電話聲吵醒，咕噥了幾聲。

李心蕊回電話那天，我們正在為媽媽做法事。

我的手機沒帶在身上，而是放在袋子裡面。
一直到很晚很晚了，我才拿起手機來看。
一共有十一封訊息，兩通未接電話。

我只是看著手機發愣，
也沒有看那十一封訊息寫了什麼。
我只是坐在椅子上，就只是坐著。

那是我請喪假回到家的第十六個小時，
那是媽媽去世的第七天，
而我終於哭了出來，彷彿已經失去一切。

我在一個星期之後接到李心蕊的電話，我以為她已經做出選擇，拚命做著心理準備，等候她的宣判，結果她說她需要一段時間想一想，不過她要我別擔心，她也沒有接受那個學長。

我在電話這頭沒說話，只覺得難過，跟她在一起三年，比不上跟她相處才三個月的一個學長。而且那學長還比我矮，右眼下方還有一顆痣，娘們一樣的雙眼皮，一點都不好聽的聲音，再加上一副自以為很行的屌樣。

媽的我呸！什麼東西！

「閔綠，等我想好了，我會第一時間給你答案的。」她說。

「其實……」

「嗯？」

「其實……妳需要的不是去想該選擇誰，而是去想愛情對妳來說到底是什麼。如果妳只是因為距離遠了，心就空虛了，有人陪了就會發生感覺了，那妳的愛情觀或許有很大的問題。」

「……」

「距離再遠，我都愛妳，這是我的愛情觀，我不認為距離是什麼問題。」

「你說的沒錯，」她附和了我，「但是，閔綠，愛情是兩個人才能產生的。如果兩個人的觀念一樣，那麼或許問題就不存在了，也就不會有任何一對情侶分手了。」

「妳的意思是，妳的觀念永遠不會跟我一樣？」

「我們本來就不一樣。」她說。

我終於了解她的意思。

從小在不同的環境長大，真的很難具備完全相同的觀念。如果在一起的時候因為觀念之差發生了感情問題，其實不是誰對誰錯，只能說觀念造就。

不過，我還是無法接受這個觀念。

其實我該感謝李心蕊，至少她願意聽聽我的觀念，至少她在掛電話前告訴過我，她會試著了解我的觀念。

這一個星期的時間，每一分每一秒都過得跟烏龜在走路一樣。我的期中考差點砸了鍋，我的期中報告遲交三天被教授警告，甚至體育老師只要求我們在早上七點到學校跑步三圈就可以pass，而我都忘了去。

失戀簡直像是生一場大病，不僅傷人傷心傷身體，還他媽的沒藥醫。

阿智終於買了一支手機，不過是二手的，「沒辦法，我比較窮嘛。這是跟我們班的一個手機狂買的，很便宜喔，我只花錢辦了門號，他讓我分期付款。」阿智用他的手機打電話給我時，很興奮地說著。

「那蔡心怡那支呢？」我問。

「哇靠！」他連罵人都很興奮，「這你也算出來了？」

「廢話！你一定會買她的。你以為我不了解你啊？」

「嘿嘿嘿……」他不好意思地說：「對啦對啦，我是有買她的啦，不過，你別跟她講喔。」

「我跟她又沒在聯絡，要怎麼講？」

「也對喔。」

就這樣，阿智時常打電話給我，他說他知道失戀有多痛苦，所以他要經常跟我說話，這樣我才不會亂想。

其實，他哪知道失戀的痛苦？他以為國中那個胡吟珊跟他說了句「I am sorry」就是失戀了？那只不過是表白失敗，就像領到一塊最佳勇氣獎牌，更像是喝飲料抽到拉環上的再來一瓶，那表示你得再接再厲，下一瓶會更好。

不過，下一瓶真的更好嗎？

其實，我不知道，不過，新鮮感很濃倒是真的。

期中考結束的那個星期日，室友在BBS上跟別人聊天，「這好像是個正妹。」室友邊打字邊轉頭對我說。

「你沒看見人或照片怎麼知道？」我好奇地問。

「她說她身高一六七，體重四十八，長髮，我很直覺地就猜她是正妹。」

看他聊天聊得很開心，我閒著發慌，又想到阿智曾經為了網友跑到高雄來找我的那種衝動，姑且一試的想法就在腦中浮現了。

我在奇摩搜尋聊天室三個字，結果搜尋出一大堆網址。隨隨便便點了一個，發現每一間聊天室裡都有幾百個人在裡頭。

「天啊，有這麼多空虛寂寞的人嗎？」我在心裡這麼問著。

我認識的第一個網友叫作「水藍色的雪」，很巧地，她住高雄，我只知道她的身高，不知道她的體重，她是因為我亂取的暱稱「小綠貓」才找我聊天的。

我本來想取「有隻摺耳貓名字叫小綠」，但是暱稱有字數限制，所以我只好簡稱小綠貓。不過，我發現，真的有很多女孩子喜歡貓，從水藍色的雪主動來跟我聊天就可以知道。

水藍色的雪：我一直想在聊天室裡養一隻寵物，就是你了，別跑。

這是她傳來的第一句話，我有點莫名其妙。

水藍色的雪：小綠貓，既然你失戀了，那我帶你去遛一遛吧。

這是在我們聊了第七個小時，晚上十一點的時候，她傳過來的最後一句話。

因為我第一次上聊天室聊天就有女孩子約我出去，我室友還很酸里酸氣地對著我說：「說不定是恐龍，說不定是個男的，說不定連去都沒去。」我關上寢室的門之前，他還在碎碎唸著。

因為他的一六七公分四十八公斤的正妹，約了一晚上約不出來。

我跟水藍色的雪約在背對文化中心大門，從左邊數過來的第四棵樹下等。晚上十二點。路燈很昏暗，天氣很寒冷，路上車很少，而我很緊張。

十二點一到，一輛摩托車的燈光靠近，在我面前停了下來。

「小綠貓嗎？」這是她的第一句話，聲音很明亮。

嗯，我室友所有的酸言酸語全錯。

她來了，她是女的，她不是恐龍。

靠天，我上網聊天，也見了網友，我也是空虛寂寞的人。

26

她把摩托車停在我們相約等待的樹下，然後轉過頭來，撥了一撥她的頭髮，「你好！」她有精神地說著。

「妳好。」我也笑著點點頭。

「不可以。」她說。

「什麼不可以？」

「你不可以說話。」

「為什麼？」

「因為你是貓，你看過被遛的寵物會說話嗎？」

「……」我無言，心想遇到了一個怪人。

「嗯，這才對，你現在的表情就像是無辜的貓一樣。」

「我可以不演貓嗎？」

「不行，我會約你出來就是因為你是貓。」她搖搖頭。

「那如果我的暱稱是小綠狗呢？」

「零分。」

「小綠熊？」

「鴨蛋。」

「小綠雞？小綠鵝？小綠鼠？小綠兔？」

「你吃錯藥嗎？」

「……」我以為我很幽默，結果她連笑都不笑，一點面子都不給。

「妳的意思是我今晚都不能說話了？」

「沒錯。」

「喵。」我學了一聲貓叫。

「啊哈！」她叫了一聲，「好棒！你學得好快！」

「喵喵。」

「喔！太棒了！」她開始加快走路的速度，「來，快跟上我，快！」

「……」

「喔！小綠貓，你怎麼了？心情不好嗎？剛剛不是好好的嗎？」

「一點都不好。」

「為什麼不好？」

「因為我開始擔心妳等一等會叫我翻觔斗。」我說。

「哈哈哈哈哈！」她的笑聲跟她說話的聲音一樣明亮，「你真的很幽默。」

「還好，我不知道擔心自己一直被當成貓是一種幽默。」

「其實我也是個幽默的人耶。」

「嗯嗯嗯，」我用力地點點頭，「我看得出來。」

「怎麼看出來的？」

「把一個男人當成貓，這一定要很幽默的人才有辦法。」

那天，我只跟水藍色的雪徒步繞著文化中心走了一圈，她在四維路買了消夜，然後就回家了。她說這是她晚上十二點還能出門的唯一理由——買消夜。

「其實，我本來上聊天室都不太聊天的。」她說。

「不聊天上聊天室幹麼？」

「就只是掛在上面，」她邊走邊踢了踢路上的小石頭，「因為要聯考，每天念書真的很乏味，所以開著聊天室的視窗，偶爾看一下別人在聊什麼，比較不那麼無聊。」

「聯考？妳高三嗎？」

「說來有點不好意思，」她看了我一眼，吐吐舌頭笑了一下，「我高四了。」

「重考了？」

「嗯。」

「那妳應該連聊天室都別上，甚至要把數據機收起來，這樣念書比較有效果吧？」

「我試過把數據機收起來好多次了，可是另一個我都會去把它翻出來。」那顆小石頭還在她的腳下被踢著滾著。

「另一個妳？」我好奇著這是什麼說法。

「就是想上網的那個我啊。」

「那不就是妳嗎？」

「不是，那是另一個我。」

「那就是妳。」

「那是另一個我啦。」

「妳有人格分裂？」

「你才內分泌失調呢！」她腳上的小石頭終於被她踢飛了。

「那明明就是妳，不是嗎？」

「你不懂幽默嗎？我所謂的另一個我，只是一種幽默的說法，那表示我藏過數據機很多次，但是每次都失敗，所以我故意用另一種說法來講嘛。」

「這就是妳的幽默？」我的顏面神經有些抽搐。

「是啊！我剛剛有說我很幽默不是嗎？」
「妳的幽默很難明白。」
「你的愚笨也很難了解。」她說，搶快了兩步走在前面。
「……」好一個伶牙俐齒的小朋友！
「你常見網友啊？」過了一會兒，她回頭問我。
「第一次。」我說。
「真的假的？」
「真的。」
「那你常上聊天室啊？」
「第一次。」我說。
「真的假的？」
「真的。」
「所以我是你第一個聊天的對象，第一個見面的網友？」
「是的。」我點點頭。
「真的假的？」
「真的。」

「我不信。」

「我發誓，真的。」

「你們男人發誓就像吃飯一樣稀鬆平常。」

「但我說的是真的啊。」我稍微提高音量。

這時，我們已經繞了文化中心半圈，來到四維路上的一間四海豆漿店。她在這裡買了燒餅油條，賣消夜的阿婆好像跟她很熟，她們一直說話。

因為天氣很冷，我也買了杯熱豆漿，那個阿婆接過我手上的錢時，還問了水藍色的雪我是誰。

「我的寵物。」水藍色的雪看了我一眼，然後對阿婆說。

「喵。」我無奈地再一次配合她的戲碼叫了一聲。

只見阿婆跟她都笑了，只有我想哭。

我們離開四海豆漿之後，她走路的速度明顯地快了，她先是看了一看手錶，然後回頭跟我說：「你這隻貓太大隻了，遛起來特別慢。」

「妳有時間限制啊？」我說。

「嗯，買消夜並不需要太久的時間。」

「妳家在哪裡？」

「這附近，一點都不遠。」

「那妳先走沒關係，我自己慢慢晃。」

「不行，」她說，「我不能遺棄小動物。更何況，我的車子停在大門口，你忘了嗎？」

「那好吧，我們來賽跑。」

「幹麼賽跑？」

「一來可以節省妳回家的時間，二來，跑贏的人可以……」

我話還沒說完，她已經起跑了。

只見她提著消夜，速度快得像什麼似地往前狂奔，我從沒見過一個女孩子跑這麼快的。我只能維持自己的速度跟在她後面，看著她修長的身形和飄逸的長髮，我心裡頭有一種感覺。

「好一個迷人的女孩子。」我心裡這麼說著。

當我有些陶醉的時候，她跟我之間的距離愈拉愈遠，「我的天啊！」我暗自喊了一聲，她居然還在加速中。

很快地，她停車的地方到了。我至少輸了她五秒鐘。

我們兩個都氣喘吁吁地站在原地，一句話都說不出來，只能拚命地呼吸。

「想跟我賽跑，你還真自不量力。」她邊喘邊說著。

「我怎麼知道妳的速度這麼快。」

「我高中的時候是田徑校隊，你覺得速度會慢嗎？」

「我怎麼知道妳這麼強？田徑隊三個字又沒有寫在妳臉上。更何況，妳一點都不像田徑隊的女生。」

「為什麼不像？」

「妳沒那麼魁梧啊！而且坦白說，妳比一般田徑隊的女孩子漂亮太多了。」

「謝謝你的誇獎，」她很開心地笑了一笑，「不過還是躲不過你該受的懲罰，快說，剛剛你要打什麼賭？」

「什麼賭？」

「你剛剛不是說賽跑打賭？要打什麼賭？」

「喔！那個啊……」我摸了摸鼻子，「就是輸的人呢，要向贏的人要電話，才能請她出來吃飯，這頓飯就是贏的人的獎勵。」

「哈哈哈，」她大笑了三聲，「你約女孩子的方法還真老套。」

「沒辦法，我不是什麼高手，這頓飯如果妳不想吃，我倒是樂得輕鬆，可以省起來。」

「那你先省起來吧。」她騎上摩托車，「下次在聊天室看到你，我再給你電話。拜拜囉，小綠貓。」說完她就催緊油門，離開我的視線。

「喂！」我叫了她一聲，「至少留個名字吧！」

「^&%$^*(@#……」她回頭說了些話，但我完全聽不清楚她說了什麼。

回到宿舍之後，我的室友一臉幸災樂禍地看著我，「你看看，這麼快就回來，被放鴿子了吧！看你的表情就知道，一臉落寞。」

「不，我的落寞不是被放鴿子，而是我遇到了一個美女，卻什麼都沒留住。」

「你真的遇到美女？」

「是啊。」我點點頭。

「不！這不是真的！」他仰天長嘯，痛苦地抓著自己的頭。

室友的表情告訴我，他沒辦法相信我第一次見網友就能遇見美女。他已經見過很多網友了，卻從來沒有美麗的際遇。他踱腳搥桌拉自己的頭去撞牆，試圖說服自己我說的都是假的。

「你一定被放鴿子了，一定！」

一直等到我用同樣的暱稱再上聊天室去找水藍色的雪，我室友才真的相信我沒有被放鴿子。

小綠貓：妳最後一句話說什麼？我沒聽清楚啊。

水藍色的雪：我說，失戀了別傷心。因為我找你出去就是為了要安慰你的失戀，結果我都忘了。所以在離開時趕緊補上一句。

看到這裡，我的室友暗自轉頭，開始痛苦地低聲哭泣……但我一眼就看穿，他絕對是在假哭。

小綠貓：是這樣啊，我以為妳是要告訴我妳的電話號碼。

水藍色的雪：你想太多了，小綠貓。在我的世界裡，雖然我會見網友，但網友不會變朋友。

小綠貓：妳的意思是？

水藍色的雪：我的意思是，你欠我的那頓飯，永遠都不用還了。

室友：我還！我幫你還！閔緑，我來幫你還！

我：……

27

看著闕老闆的表情，我似乎還能在空氣中聞到一絲絲遺憾的味道。

「你們那天走了文化中心一圈，花了多久時間？」我問。

「大概半小時吧。」他想了一想，然後看著天花板說。

「那是幾年前的事？」

「大概十一年了。」

「才半個小時的相處，你的遺憾竟然存活了這麼多年？」

「遺憾？」

「是啊！你對那位水藍色的雪的遺憾，」我驚訝地說：「剛剛你的眼神裡還看得到遺憾啊！」

「哈哈哈哈，」闕老闆大笑，「真的嗎？我一點感覺都沒有啊。」

「是嗎？」我懷疑地看著他。

「真的啦。」他點點頭，「不過，那個時候確實很遺憾。」

「沒有跟這個美女發生一段故事的遺憾？」

「或許吧，那種新鮮感真的很強烈。」

「新鮮感果然會讓男人做錯事。」

「為什麼會是錯事？」他用手摸著自己的下巴，不甚了解地詢問：「當時我是沒有女朋友的狀態，會因為新鮮感去欣賞其他的女孩子，這應該算正常吧？」

「只是，才相處半個小時就發生感情，這太不真實了。」

「那是新鮮感所造成的。年輕的時候不太管得住自己的感情。」

「年輕的時候？」我笑了一笑，「那現在呢？」

「現在老了，如果我能活六十歲的話，那以現在三十歲的我來說，棺材都已經進一半了。」

「所以管得住自己的感情了？」

「算是吧。只是回憶總會帶來一些惆悵。」他刻意演出失落憂鬱的樣子，「就像偶爾想起這樣的遺憾。」

「夠了夠了，你別演了，快點繼續說故事吧。」我催促著。

「水藍色的雪特？」阿智在電話那頭這麼說，在我把那晚跟水藍色的雪見面的事情告訴他之後。

他打電話來的時候，我剛從浴室回到寢室，頭髮還在滴水。

「雪你媽個B！是水藍色的雪啦！」

「喔！你罵的比我還難聽！我只說雪特，你說雪你媽個B。」

「……」

「好啦，我靠夭的，我知道你很遺憾，想讓你笑一笑嘛。」

「讓我笑一笑？」我提高了音量，「你在一個人感到失落的時候說雪特給他聽，你覺得那個人笑得出來嗎？」

「啊！你沒笑嗎？」

「……」

「好啦，我回去重練我的幽默。」

「你到底打電話來幹麼的？」我邊擦頭髮邊問。

「我是要跟你說，下個月我們要辦高中同學會。」

「誰辦的？」

「我跟蔡心怡。」

「你們吃錯藥？」

「什麼吃錯藥？你在說什麼？」

「你幹麼閒著沒事辦這個？」

「是怎樣？跟高中同學是很沒感情喔？高中三年你是痛苦萬分是嗎？」

「是啊！因為有你。」我說。

然後他在電話那頭拚命罵髒話，我把手機放在旁邊沒聽，繼續擦我的頭髮，大概過了十秒鐘之後再拿起來，他已經安靜了。

「罵完了？」

「嗯，而且你根本沒在聽。」

「耶？你怎麼知道？」

「我掐指一算就知道了。」

「掐你個大頭鬼。」

「我不跟你哈啦了！」他咳了一聲，「反正下個月的今天，高中同學會，你別忘了。」

「李心蕊會去嗎？」我放下浴巾，問。

「會，蔡心怡已經跟她約好了。」

「喔……」

「你還在難過？」

「快好了吧，我想。」

掛了電話之後，我坐在椅子上發呆，因為沒有吹頭髮的關係，鏡子裡的我的頭一整個凌亂。冬天裡，我的臉色總會比較白，大概是因為太陽只剩下照明功能的關係，鏡子裡我的臉色一整個像鬼。

我是不是還因為李心蕊喜歡上她學長而難過，說真的，我並不知道答案，只覺得有一種知道結果了，一切都明朗了的感覺，只是偶爾想起以前跟李心蕊在一起的點點滴滴，會有種酸楚在心底深處慢慢暈開。

阿智說過，那個算命先生說的可能是對的，名字裡心字太多的人，總是會三心二意，待人處事是這樣，對愛情也會這樣。

但我覺得，把李心蕊的變心歸咎在算命先生的理論裡，是個不太正確的推論，至少蔡心怡並沒有變心，雖然蔡心怡也沒有跟阿智在一起。

說到蔡心怡，最近一次阿智跟蔡心怡說話的時候，兩個人為了鐵達尼這部電影吵了起來。蔡心怡說李奧納多狄卡皮歐很帥，他跟凱特溫絲蕾演得真是太好了。阿智說他跟蘿絲兩個人演男女朋友像是在演姊弟戀，於是惹火了蔡心怡。

附帶一提，他們兩個終於一起去看電影了，阿智多年來想跟蔡心怡一起看電影的美夢終於成真，只不過，美夢的結局有點難堪。

「你說什麼？再說一次？」散場後，兩個人走在百貨公司的玻璃櫥窗前，蔡心怡轉頭拉住阿智的衣服。

「我說，他們兩個演得很像姊弟戀。」

「哪裡像？」

「妳看凱特溫絲蕾的頭還有她的樣子，一整個就像是李奧納多的姊姊，捲頭髮的女生配上直髮的帥哥，就像是姊姊愛上弟弟。」

「捲頭髮的女生配上直髮的帥哥像什麼？」

「像姊姊愛上弟……」阿智話沒說完，便在櫥窗上面看見他跟蔡心怡兩個人的倒影，又在這時才發現蔡心怡的頭髮已經燙捲，於是趕緊改口：「像是兩個很登對的戀人。」他說這話時還一邊發著抖。

「來不及了。」蔡心怡伸出右手的兩隻手指，從阿智的手臂上用力地捏了下去，「姊姊不會愛上弟弟，捲頭髮的女生不會愛直髮帥哥。」

阿智說，他一直在蔡心怡的後面追她，求她原諒，一直在解釋他只是隨口亂說，捲髮的女生配上直髮帥哥真的是絕配，而且那絕對不是姊弟戀。

「後來蔡心怡說什麼？」我好奇地問。

「她說，下次她要介紹一個捲髮姊姊跟我去看電影……」

他很失落、很痛苦地說著這段故事，我則是在旁邊哈哈大笑。

男生不會說話不是錯，但說錯話就是大錯。

28

上一次聽見李心蕊的聲音，是兩個星期前。

前一個星期是期中考，後面一個星期是墮落週，考完試就一整個墮落的生態，在每一個大學生的身上都有機會看見。

這七天的墮落週裡，除了水藍色的雪之外，我還跟「奢求」、「他不愛我」、「美麗的秀秀」、「斷掉的鞋帶」等人聊過天。

通常我只是上線，然後打上我的暱稱，就會有人跟我說話。

但其實我的暱稱已經不是小綠貓了，我怕會勾起對水藍色的雪那種遺憾的回憶，所以我把暱稱改成「誰敢來晚餐」。

剛開始一堆人都會自以為幽默地跟我說話，「我我我！我跟你晚餐！」「一客多少錢？」「你煮嗎？」「我不吃晚餐，午餐可以嗎？」……我都只是哈哈哈地輕輕帶過，然後他們就不會再傳第二句話回來。

而「奢求」比較奇怪，他先是問我吃葷還是吃素，然後就一直告訴我吃素的好處。「因為吃素，我已經瘦了三十五公斤了。」他說。

誰敢來晚餐：瘦了三十五公斤？那你本來幾公斤？

奢求：一百三十五公斤。

誰敢來晚餐：你是要湊整數就對了？

我知道我沒辦法跟「奢求」聊下去，於是立刻假裝斷線，再換一個暱稱上來，叫作「愛要說出口」。

這時我遇到「他不愛我」，她說她是個國中生，男朋友有七個女朋友，她排第六，每天都為了男朋友的花心在難過。

愛要說出口：哇！他是韋小寶喔！真令人羨慕！

他不愛我：你幹麼羨慕？人家都這麼難過了。

愛要說出口：別難過別難過，妳的愛要說出口啊。

他不愛我：我對他的愛都已經說出口了，他還是不愛我啊。

愛要說出口：往好的一方面想，至少妳還排第六啊。

他不愛我：可是第七是他家的狗啊。

我知道我沒辦法解救這個小女孩的悲劇，於是我又斷線了，再換了暱稱上來，叫作「寒冷的冬天」。

這時我遇到「美麗的秀秀」，她說話比較奇怪，你不太能了解她到底想跟你說什麼，跟她說話你總是一頭霧水。

寒冷的冬天：美麗的秀秀，妳好啊。

美麗的秀秀：梅花梅花滿天下，愈冷它愈開花！

寒冷的冬天：……

美麗的秀秀：你好啊！寒冷的冬天。

寒冷的冬天：妳好妳好。妳在唱歌啊？唱梅花？

美麗的秀秀：伯朗咖啡，藍山風味。

寒冷的冬天：……妳在喝咖啡？

美麗的秀秀：你好啊！寒冷的冬天。

寒冷的冬天：是是是，妳好。

美麗的秀秀：三陽機車，巡弋一二五，新上市。

寒冷的冬天：……

美麗的秀秀：你怎麼都不說話啊，寒冷的冬天？

寒冷的冬天：兒童專用維他命，小善存。

美麗的秀秀：哎呀！我跟你真聊得來！

寒冷的冬天下線了。

天知道這個「美麗的秀秀」有什麼毛病，或許她是邊看電視邊上聊天室，電視說什麼她就打什麼。不過，管她是怎樣，我只知道這時候快點斷線，對我跟她來說都是比較好的。

最後一次上線時，我用了「出走的戀人」當暱稱，而這次碰到的是一個叫作「斷掉的鞋帶」的女生。

出走的戀人：妳好啊！斷掉的鞋帶。

斷掉的鞋帶斷線了。

出走的戀人：……嗯？

斷掉的鞋帶上線了。

出走的戀人：妳好啊！斷掉的鞋帶。

斷掉的鞋帶斷線了。

出走的戀人：……

斷掉的鞋帶上線了。

出走的戀人：妳好啊！斷掉的鞋帶……

斷掉的鞋帶斷線了。

出走的戀人：……嘖！

斷掉的鞋帶上線了。

出走的戀人：斷掉的鞋帶，妳要不要改暱稱叫作斷掉的網路線？

斷掉的鞋帶斷線了。

出走的戀人：幹。

斷掉的鞋帶上線了。

出走的戀人因為使用不文雅字眼，被網管人員踢出聊天室了。

我發誓，我這輩子都不會再上聊天室聊天了。

室友看見我在聊天室裡的遭遇，很開心地說：「你看吧！第一次見網友就遇見美女，把運氣都用光了，現在連想找個人聊天都這麼慘。」

他雙手叉著腰，仰天長嘯似地哈哈大笑，自顧自地高興著，我連理都不想理他。拿起手機打電話給阿智，他說他正在聯絡高中同學會的事，沒時間跟我哈啦。

看了看時鐘，晚上十一點半，墮落週竟然找不到事情做，我帶著鬱悶的心情，爬到自己的床上，室友依然在BBS上面跟別人聊天，有時候他會自言自語，甚至會突然哈哈大笑起來，「不然你是白癡喔」，我都會這麼罵他。

不知不覺地，我睡著了。我根本就不知道自己什麼時候睡著的，只知道隱約中，我聽見熟悉的聲音，那是我的手機鈴聲，我在睡意尚濃、迷濛之中接了起來，電話那頭，是外婆的聲音。

「你媽媽走了。」她說。

我還以為自己在作夢，所以只是「喔」了一聲，想繼續再睡下去。

「閔綠，醒一醒。」外婆在電話那頭叫著。

「……嗯？」我還在恍惚。

「醒了沒？」

「……嗯？嗯……」

「你剛剛有聽到外婆說什麼嗎？」

「嗯？妳說什麼？」

「你剛剛有沒有聽到外婆說什麼？」

「……嗯……沒有。」

「你媽媽走了。」

這時候我才真的醒過來，我看了看窗外，天剛亮，我環顧四周，確定我是醒著的。

「外婆，妳說什麼？」

「你媽媽走了。」

「……」

「你請個假回來吧。」外婆說。

外婆掛掉電話之後，我依然拿著電話，一臉呆滯地坐在床上，室友被我的電話聲吵醒，咕噥了幾聲。

……

「為什麼？」我問。這時的我依然坐在床上，用手機再打回家裡，外婆接了起來。

「肝炎，猛爆性肝炎。」

「什麼時候的事？」

「前三天。」

「為什麼那時不跟我說？」

「沒有人敢跟你說啊。」說著說著，外婆哭了起來。

我在幾天之內，把欠教授的幾份報告做完，還跑去找體育老師補考體育。一開始體育老師賞了我兩碗閉門羹，但我在他的辦公室外面留言：「老師，我是關閔綠，很抱歉，沒有在您規定的那天早上七點來考試是我的錯，只是我媽前幾天過世了，我必須回家奔喪，如果可以，老師能給個機會讓我補考嗎？這事請老師決定，您決定如何，我都不會有怨言。謝謝老師。」

那天晚上室友就說老師來寢室找過我，要我隔天早上六點去跑操場十圈，他會在那裡等我。

我拿著假單，到班導師的研究室想請他簽名。大概等了十多分鐘，老師從走廊那一頭走了過來，時間是早上九點。

「老師早。」我向老師點了點頭。

「這麼早啊？關閔綠，第一節課上完了？」老師笑著問。

「不，我是來請假的。」

班導師接過我的假單，看了一看，然後拍了拍我的肩膀，「你要節哀，有沒有什麼老師幫得上忙的？」而我只是搖搖頭。

他看了看我，似乎試圖從我的眼睛或表情當中尋找一點傷痛。過了一會兒，班導師又說：「跟一般失去親人的人相比，你似乎冷靜了點。」

說完，老師轉頭走進研究室，我也跟了進去。

「老師想說什麼？」我看著老師的眼睛問。

「喔不！」他揮了揮手，「我沒別的意思，請你不要誤會，只是在你的臉上看不見哀慟的表情，我擔心你是不是太壓抑失去親人的痛苦。」說完，老師轉頭走向他的飲水機。

「要喝杯水嗎？」老師轉頭看著我，手上拿著一個空的紙杯。

「謝謝老師，不用了。」

老師點點頭，在假單上簽了名，然後要我回家搭車時小心安全。

我在宿舍的走廊上遇見同學，請他幫我把假單交給班代，他看見假單上面寫著「喪假」兩個字，問道：「怎麼了？」

「我媽……」

「啊？不會吧……你、你還好嗎？」

「嗯。」我點點頭。

「要去搭車嗎？我載你去。」

「不用了，我想自己一個人去。」我說。

到車站之後，我打電話給阿智，他應該是早上沒課，所以還在睡覺。我告訴他我媽過世的消息，他的聲音立刻從恍惚變成清醒，「喂！你撐著點啊！」他的語氣裡流露出濃濃的擔心。

「阿智，不知道為什麼，我覺得胸口悶悶的，頭脹脹的，有一種想吐想吐的感覺，沒什麼食欲，昨天中午到現在都沒吃東西，也不覺得餓，我知道媽媽已經死了，我將永遠沒辦法再見到她，這種這麼絕對的離別，我卻哭不出來。」

「我的天啊！」阿智擔心的語氣更明顯，「你撐著點，我馬上去搭車，你回到家別亂跑，我會去你家找你。」

「不不！」我趕緊制止他，「你不要來找我，我向你保證我不會有事，我只是想問你，如果是你，你哭得出來嗎？」

阿智給我的答案是，他不知道如果智媽走了的話，他會怎麼樣。不過他說，他爺爺去世的時候，他只花了兩秒就哭到滿臉都是眼淚了。

「那我大概是個沒心沒肝、無情無義的人吧。」我說。

「你別胡說，你現在只是還沒完全接受這個事實而已，你的心裡還在跟這個事實對抗。」

我費了九牛二虎之力，才說服阿智不要蹺課回家來找我，他要我無論如何保證自己不會有事，我一直說好，一直說好，直到手機的電去了兩格。

整場法事，我根本不知道自己該做什麼。心不在焉，走來走去，別人說什麼我做什麼。外婆的眼淚不停地掉，我不停地遞面紙給她。

我看著媽媽的遺像，愈看胸口愈悶，頭愈來愈痛，而且肚子裡好像有人在用力揉捏一樣地痛。法事進行當中，我兩度離開跑到廁所去吐，卻吐不出東西來。

當我回到法事場地時，我看見一個男人，他跪在我本來跪的位置，摟著外婆，臉頰掛了兩行淚。

外婆看見我站在她後面，把我拉到她的另一邊，「這是你爸爸。」她指著那個男人說。

我看了那個「爸爸」一眼，一句話都沒有說。

李心蕊在這一天回電話了，但因為正在做法事，我沒把手機帶在身上，而是放在我的袋子裡。等到法事結束，所有的事情告一段落，時間已經很晚很晚了。

我拿起手機來看，一共有十一封訊息，兩通未接來電，我只是看著手機發愣，也沒有看那十一封訊息寫了什麼。

我只是坐在椅子上，就只是坐著。

阿智這時候出現在我面前，「我真的不太放心。」他說。

「我不是好好的嗎？」我看著他。

「這是應該的。」說著，他坐到我的旁邊來。

他看我正拿著手機，於是說：「我打你的電話，你沒接，我想你可能沒辦法接電話，所以就自己去搭車了，直接回來找你比較快。」

「不用上課啊？」

「管他那麼多。」

「真是蹺課的好理由啊。」我看著他，哼笑了一聲。

「是啊，怕兄弟因為失去親人想不開，所以回家救人，這理由夠漂亮了。」他笑了出來，接著，他指著我的手機，「有十一通簡訊耶，你怎麼不看？」

「……我不太想看。」

「你知道是誰傳的？」

「我猜是李心蕊傳的。」

「為什麼這麼猜？」

「因為有兩通未接來電，一通是你，一通是她。」

「要我幫你看嗎？」

「有看跟沒看有差別嗎？」我問。

「如果她傳來的是她的選擇，至少你知道答案了吧。」

阿智這句話說服了我，畢竟我等這個答案等很久了。

我按下了手機鍵，十一則訊息完完整整地攤開來。

「閔綠，三年了，跟你在一起很開心，你是個很好的男孩子。」

「其實高中的時候，是我先喜歡你的，如果你沒有寫那篇作文，我還真不知道怎麼去向你表白。」

「聽你唸作文的時候，我很開心，當你知道你喜歡的人也喜歡你時，那種感覺真的很快樂。」

「你很體貼、很善良，當我看著你抱著叮噹，打算叫計程車送牠去獸醫院時，你知道我有多感動嗎？」

「當我知道你為了不讓距離拆散我們，在高三那年拚命找工作時，你知道我有多心疼嗎？」

「只是，事情總是與你所希望的相違背，我們還是分開了。三百六十公里。」

「這段距離好遠啊，你知道嗎？好遠啊。」

「或許是我太常感到寂寞吧，所以我需要陪伴，但你卻不在。」

「學長的出現，出乎我的意料之外，他對我很好，讓我情不自禁地喜歡上他。」

「閔綠，我沒有勇氣當面告訴你，只好傳簡訊跟你說。對不起，我不奢求你的原諒，我只希望你也能過得好。」

「再見，閔綠。我答應你，你送的手機我會留著。而那隻摺耳貓長大了，牠依然叫小綠。」

看完了簡訊，我動也不動地坐在原地，阿智在我旁邊，他摟著我的肩膀，用力地，似乎想傳給我一點勇氣。

那是我請喪假回到家的第十六個小時，那是媽媽去世的第七天，而我終於哭了出來，彷彿已經失去一切。

如果那隻貓不叫小綠，我或許就不會哭。

六弄

最後一杯咖啡已經見底，

小綠已經睡得不省「貓」事，

老闆幫我把咖啡杯收到吧台，

「故事說完了，妳睡得著了嗎？」

他一邊洗著杯子，一邊笑著對我說。

「所以到底什麼是六弄呢？」

聽完故事的我，還是不清楚六弄是什麼。

「咦？妳沒看見嗎？」

他的表情有點驚訝，

「展示櫃裡那張書法就是六弄啊。」他說。

他那雙還在滴水的手指著展示櫃的方向，
我突然想起在我進門之前，
在展示櫃裡看見的那已經裱框的書法。

30

關老闆說到這裡就沒有再說話，他安靜了好一會兒，我本來想說些什麼，卻不知道該說什麼。

小綠趴在我位置旁邊的地板上，眼皮好像很重似的。

「你說的沒錯。」一陣安靜之後，我先開了頭。

「什麼沒錯？」

「你說這是多事之秋，說的沒錯。」

「不，還沒完。」

「還沒完？」

有一段時間，我的心情每天都是低氣壓，用天氣來形容的話，大概就是那種會飄著細雨，灰濛濛的雲蓋滿了整片天的。

我時常在睡夢中醒過來，然後心會狠狠地痛兩下，一下是因為媽媽，一下是因為李心蕊。

因為當我的腦袋一開始運轉，我就會無法控制地想起她們。我時常在一片漆黑，只有窗外透進來一點光的寢室裡，伴著室友的鼾聲，還有寢室外面走廊偶爾啪搭啪搭響起的拖鞋聲，獨自一個人坐在床上，不自覺地痛哭，眼淚掉在手上，卻是心被燙了一下。

那段時間，很多同學跟朋友會時常來找我一起去幹麼幹麼，例如跑步打球吃飯看電影打麻將看美女散步逛街吃冰遊愛河等，我知道他們是為我好，他們不希望我一個人獨處，所以拖著我一起做些事，免得一直想起難過的事，心裡會更痛苦。

阿智最勤勞了。

他幾乎兩三天就從台中下來一趟高雄，有時候他蹺了一些課，下午就出現了；有時他到的時候已經是半夜，他打電話給我，要我去載他的時候，都會用精神抖擻的聲音說：「喂！本大爺在此，還不速來迎駕！」

阿智說，這是一個過度期，忍過去，撐過去，咬著牙再難過都要度過。

其實我想跟他說，如果我度不過，有沒有其他的方法呢？

一個月之後，高中同學會那天，我其實是很驚訝的，因為除了已經出國念書的同學之外，其他人全部都到了。阿智在一家牛排館訂了四十個位置，結果一共來了四十九個人，因為有些人帶了自己的男女朋友來，還有一個同學說他女朋友已經大肚子了。

兩年的時間真的可以讓人變得很不一樣。高中時不修邊幅，鬍碴時常鋪在臉上，衣服時常亂七八糟的男生，現在乾乾淨淨得像個小生；而一些本來比較豐腴的女孩子，現在看起來玲瓏有致、高纖瘦；短頭髮的變長了，長頭髮的變短了；本來不太多話的，今天整場都是他的聲音；本來比較聒噪的，帶了女朋友來就一整個安靜了。

如果兩年的時間可以讓一個人改變這麼多，那麼可不可以把現在的我立刻帶到兩年後呢？我想看看兩年後的我是不是好好的？是不是像本來的關閔綠一樣快樂？

我以為李心蕊不會來，但是她來了。大概有兩個月沒見到她，我卻覺得像是兩年那麼久了。她坐在蔡心怡旁邊，兩個人還是一副姊妹情深的樣子，有好多話可以說。

在這之前，我已經交代過阿智，我媽過世的消息，絕對不要跟同學說，我不希望一場同學會變成關閔綠安慰會。

不過，李心蕊還是知道了。「閔綠，伯母的事，你好點了嗎？」她拿著一杯可樂，走到我面前來敬我。

敬什麼敬啊？這又不是喜酒！這是我當下心裡的反應，我相信我這個反應也多少顯現在表情上了。

「托妳的福，我好多了。」我說，我知道我的臉色不好看，口氣也挺差。

「……」她沒說話，我想應該是被我嚇了一跳。

「對不起，」過了一會兒，我向她道歉，「我不是有意的。」

「沒關係，我知道你心情不好。」

「為什麼妳知道我媽媽的事？」

「蔡心怡說的。」

「為什麼蔡心怡知道？」

「我想是因為阿智吧。」她轉頭看了看蔡心怡跟阿智，「你不知道嗎？他們已經在一起了。」

我這才想起上個星期的一通電話，阿智在電話裡結巴，我問他是不是喝了鹽酸燒壞喉嚨，所以才說不出話來，他說不是。

「那不然是什麼？」我問。

「我只想跟你說，手機這個發明真是太讚了。」阿智終於比較不結巴地說。

「讚在哪裡？」

「讚在……呃……讚在……啊！讚在拉肚子的時候還可以帶進廁所裡玩貪食蛇解無聊。」

我真的不懂他在說什麼。

「沒事啦！閔綠，我要去拉肚子啦！拜拜！」然後他就把電話掛了。

當時我壓根沒想到那天就是他告白成功的時候。不過，這也不能怪我，當一個人打電話來結巴，而且那個人是你最好的朋友時，你沒有請他去「趕羚羊」已經算是很好的了（不懂趕羚羊是什麼的，表示你是一張白紙，在此給你拍拍手，讚許你的純潔）。

「為什麼阿智沒有告訴我？」

「我想，他是個好朋友。」李心蕊轉頭對我說。

「為什麼這麼講？」

「因為他不想在你最難過的時候，還告訴你一些他高興的事，感覺像是會增加你的不幸。他不想對你造成這種心理對比。」

「他會不會想太多？」

「他是該想這麼多，如果他真的是好朋友的話。」

後來才聽李心蕊說，那天阿智用手機傳簡訊給蔡心怡告白。

阿智傳：有個男生很喜歡妳。

蔡心怡回傳：喔。

阿智傳：喜歡很久很久了。

蔡心怡回傳：喔。

阿智傳：剛好那個男生跟我很熟。

蔡心怡回傳：喔。

阿智傳：所以他要我幫他傳簡訊給妳。

蔡心怡回傳：喔。

阿智傳：啊不然妳是沒心沒肝的喔？都沒感覺的喔？一直喔喔喔喔的很冷耶！

蔡心怡回傳：我是在等著看你一句「我喜歡妳」要花幾通簡訊錢才要說完。

聽到這裡，我轉頭看了一看蔡心怡，她真的是可以把阿智管得死死的女孩子，很獨特的聰敏讓她看起來就很精明幹練。

「等等吃完飯，妳有空嗎？」我回頭問李心蕊。

「要幹麼？」

「把我答應過妳的事做完。」

「什麼事？」

「妳跟我去就知道了。只要十分鐘，好嗎？」

她先是想了一想，「好。」

這天，吃飯結束，一堆同學喊著續攤，大家都想去ＫＴＶ狂歡，一起喝點酒唱唱歌，好好地聚一聚。

但是，坦白說，我一點狂歡的心情都沒有。

我背著我的背包，走向我的摩托車，阿智跑過來要我不能走，他說如果我不跟去就是不要他這個朋友。

蔡心怡跟在他旁邊，兩個人看起來很幸福。

「我還有想辦的事。」我對著阿智說。

「辦啥？有什麼事比現在跟我們一起玩更重要？」

我拿出我的背包，打開來讓他看，「這是煙火。」

「你拿煙火幹麼？」

「我答應過李心蕊，要跟她一起放煙火。」

「那也是你跟她考上同一地區的學校才要放啊。」

「是沒錯，不過，我想完成這個心願嘛。」

「那我跟你一起去？」

「不不不！」我制止他，「別了，你去只會煞風景，我跟李心蕊去就好，說不定還能來個最後一吻，如果你在那裡，我會親不下去。」

「那你放完煙火一定要回來找我喔！」阿智抓住我的摩托車龍頭，千叮嚀萬交代。

「好。」我點頭。

「你不要黃牛！」

「好。」

「你不准唬爛！」

「好。」

「你放我鴿子我會找你算帳的！」

「好。」看著他認真的表情，我笑了起來。

對不起，我黃牛了。

31

這時有個女人走進咖啡館，她的年紀看起來比我稍微大了一點。她走進來的時候我有點嚇一跳，因為牆上的時鐘指著四點五十分，而且這是凌晨。

「妳要去晨跑了？今天怎麼這麼早？」關老闆對著那個女人說。

「因為你沒回家呀！我醒過來看見你不在，嚇了一跳，趕快過來店裡看看你是不是還在這裡。」那個女人說。

「啊！對不起！」關老闆轉過頭來，「我忘了跟妳介紹了，這是我太太。」

「妳好。」關太太向我點點頭。

「這位是梁小姐，我們店裡的第一位客人。」關老闆替我做了引介。

「妳好，」我站了起來，「關太太好漂亮啊。」

關太太聽見我這麼說，先是轉頭看了關先生一眼，然後皺了一下眉頭。

「你們在聊什麼？聊到這麼晚？」關太太問關老闆。

「我在說故事。」

「是啊，關老闆在說他的故事給我聽。」我補充說道。

只見關太太在關老闆的肩頭拍了一下，關老闆笑了一笑。

「關太太有晨跑的習慣？」我問。

「是啊，因為我們計畫要生孩子，得多運動鍛鍊體力，不然怕以後會沒體力帶小孩。」關太太回答著。

「真的嗎？那先恭喜你們了，準備當爸爸媽媽了。」

「再不生，她就要變高齡產婦了，都已經三十了。」關老闆在一旁插嘴。

「雞婆啊你！」關太太又打了關老闆一下，「誰叫你把我的年紀說出來的？」

「就算我沒說，高齡產婦四個字也等於說了吧。」關老闆佯裝無辜。

關太太瞪了關老闆一眼，「那你們聊，我去跑步了。」關太太向我揮揮手，然後走出店門。

「關老闆，你太太真的很漂亮耶。」

「謝謝妳的誇獎，她聽到會很開心。」

「這讓我不得不去猜測，那天放煙火是不是放出什麼其他的火花了呢？」

「呵呵呵呵，」關老闆笑了一笑，「妳想太多了，梁小姐，那天放煙火沒放出其他的火花，不過煙火絢爛，倒是讓李心蕊很開心。」

「所以關太太不是李心蕊囉？」

關老闆搖搖頭，「不是。」

「那我就很好奇李心蕊到底有多漂亮了。」

「呵呵呵，」關老闆又笑了一笑，「梁小姐，故事說到這裡，我必須先向妳說聲抱歉，然後才能再把剩下的故事說完。」

「抱歉？」

「嗯，我要向妳說抱歉。」

「為什麼？」我非常好奇。

只見關老闆站了起來，走向吧台，拿出一張紙，然後走到我旁邊遞給我。

那張紙，其實是一封信，上面寫著：

阿智，我最好的朋友：

很對不起，儘管你要我別黃牛，要我不能唬爛，我還是放你鴿子了。

這封信，請你冷靜地看完，看完之後，請你不要告訴我的外婆。

從來，我就不認為我是個脆弱的人，就算我是別人外遇所生出來的孩子，我也一點都不覺得這有什麼好可憐的。我很高興我跟媽媽一樣姓關，我很高興我是讓外婆帶大的，我很高興關閔綠三個字是外婆取的。

而且，我更高興有你這個朋友。

因為有你這個朋友，所以我才不脆弱，我才會不停地砥礪自己，阿智這麼勇敢，我必須跟他一樣。

我想，沒有人比你更了解我了，不管是我的身世、我的家庭、我的個性，甚至於我的愛情，你都懂的。所以你一定可以了解，我失去了李心蕊有多痛苦，我失去了我媽媽又有多痛苦。

這一個月的時間，每過一秒鐘，我的心裡就讀著一秒鐘，時間慢得讓我無法呼吸，那痛苦的感覺每秒鐘都要刺我好幾十回。

我走路的時候痛，我爬樓梯的時候痛，我睡覺的時候痛，我吃飯的時候痛，我看書的時候痛，我發呆的時候痛，甚至，我呼吸的時候都一樣在痛。

你曾經對我說過，那是一個過度期，忍過去，撐過去，咬著牙再難過都要度過。

但我當時真的想問你，如果我撐不過去，有別的方法嗎？

那天夜裡，我在佈滿煙火的夜空底下，看見李心蕊最美麗的樣子了。

我說過她的手很美，那天，我牽了一個晚上。她沒有拒絕我牽住她，她只說，那是一種熟悉的感覺。

熟悉的感覺，是啊，熟悉的感覺。當我拿著打火機拚命地把背包裡的煙火全都放完的時候，她那熟悉的側臉，一直一直映在那煙火的背後。如果她看見的煙火背景是天空，那麼我看見的背景就是她熟悉的側臉了。

你也有熟悉的側臉，你知道嗎？阿智。

已經有一個星期沒看見你了，我很想念你，你知道嗎？

對不起，阿智，我真的撐不下去，這過度期裡的每一秒都像我的一年，我每一年每一年都在痛苦的深淵裡呻吟著，卻沒有人發現。

如果可以的話，幫我一件事。李心蕊說過，如果可以擁有一間咖啡館，那是多美好的事啊。你能幫我開一間嗎？開在哪裡都沒關係，只要別賣太甜的卡布其諾就好。

這封信，什麼時候會被人發現，我不知道，不過，應該會跟我的屍體一起被發現吧。我果然就是個脆弱的人。

阿智，對不起，不要怪我放你鴿子，如果佛家的來世之說真有其事的話，我在來世等你，我們再一起長大、一起念書、一起遊戲、一起追女孩子。

別告訴我的外婆，如果她問起我去哪裡了，你幫我扯個謊吧。說我出國念書了，不會回來了。

關閔綠

人生的難關，不是放棄生命就會通過了。

P.S.：讀者朋友，這只是小說，自殺是不對的，是愚蠢的，絕對不要放棄自己！

32

「很驚訝，是嗎？」關……喔不！這位咖啡館老闆開口問道。他從一開始就不是關老闆。

「這……」我手上拿著信，說不出話來。

「關閔綠自殺了，十年前。」這位咖啡館老闆說。

「怎麼？」

「梁小姐，喝杯水，深呼吸，別緊張。」他遞了杯開水給我。

「為什麼會？你……他……」我還是沒辦法組織我腦中混亂的想法，整個思緒揪在一起。

「所以我才要跟妳說抱歉，真的很抱歉，我沒有要嚇妳的意思，我會自稱是關閔綠，實在是因為我一直覺得這是閔綠的咖啡館，不是我的。」

「所以你是？」

他拿出他的皮夾，從裡面取出一張名片遞給我，上面寫著「雲璽室內設計有限公司」，頭銜是負責人，名字是蕭柏智。

「妳好，梁小姐，我再一次向妳自我介紹，我是蕭柏智。」

我拿著名片，心裡的感覺還是亂七八糟的，「天啊，這個故事……」

「怎麼樣？」

「我沒有這樣聽過故事。」

「我也沒有這樣說過故事。」

「很意外，真的。」

「如果我一開始就說我是蕭柏智，這故事就不那麼引人入勝了。」

「所以剛剛那位小姐是？」

「她是蔡心怡。」

「難怪，當我叫她關太太的時候，她看著你，眉頭還皺了一下。」

「她其實跟我一樣，都認為這間咖啡館並不是我們的，而是關閔綠的。」

我指著仍然在地板上熟睡的貓，「所以牠才叫小綠？」

「對，我們叫牠小綠，感覺像是閔綠一直都還在。」

最後一杯咖啡已經見底，小綠已經睡得不省「貓」事，蕭老闆幫我把咖啡杯收到吧台，「故事說完了，妳睡得著了嗎？」他一邊洗著杯子，一邊笑著對我說。

時間已經是清晨五點多了，聽了一個晚上的故事，再加上這個故事的張力這麼大，我不但不覺得疲憊，還精神奕奕的。

「我想我更睡不著了。」我說。

「為什麼？」

「不是因為你的咖啡啦，蕭老闆。」我笑了一笑，「你的咖啡真的不會讓人睡不著，我說真的。」

「那是為什麼睡不著？」

「故事，你說的故事會讓人無法入眠。」

「那完了，現在歪歪斜斜地躺在床上而且正拿著書看到這裡的讀者應該更睡不著了。」

「啊？啥？」我聽不懂蕭老闆在說什麼。他只是笑一笑，沒再回答我。

「所以到底什麼是六弄呢？」聽完故事的我，還是不清楚六弄是什麼。

「咦？妳沒看見嗎？」他的表情有點驚訝。「展示櫃裡那張書法就是六弄啊。」

他那雙還在滴水的手指著展示櫃的方向，我突然想起在我進門之前，在展示櫃裡看見的那已經裱框的書法。

「那是閔綠寫的，時間是我們當年舉辦同學會的前一天，我想，他那時就已經決定要自殺了。」

我走到展示櫃前，仔細地看了一看那張書法，這才終於明白六弄到底是什麼，也才了解了關閔綠這個人，真的是個心思細膩的人。

他把愛情與親情放在心裡最重要的位置，所以當這兩件事一旦發生了差錯，他就像靈魂去了幾魂幾魄。

六弄人生：

人生，像走在一條小巷中，每一弄都可能是另一個出口，也可能是一條死胡同。

生在一個與一般人不同的家庭中，是我人生的第一弄；

愛上了妳，是我人生的第二弄；

註定般的三百六十公里，是我人生的第三弄；

失去了妳，是我人生的第四弄；

母親的逝去，是我人生的第五弄；

在這五弄裡，我看不見所謂的出口，出現在我面前的，盡是死胡同。

該是結束的時候了，該是說再見的時候了，

再見，世界，是我人生的第六弄。

或許人生有許多弄，但再見世界，不包括在其中。

【全文完】

交友邀請

上星期我在辦公室接到一通電話，「我買了新家，來幫老同學裝潢一下，好嗎？」是個成熟女人的聲音，我花了兩秒鐘認出來，那是心蕊。

如果要說從小綠走後，到現在二十年，我們完全不知道對方的消息，其實我會有點心虛，因為我早在臉書跟ＩＧ上面看過了。

每次臉書出現「你可能認識的人」時，就一定會出現Sin Ruei Li，下面顯示我跟她之間共同朋友有二十四個，這二十四個都是高中同學。我猜她也看過我的帳號，但不知道為什麼，她沒有對我送出交友邀請，我也不曾想過要去邀她。

我不懂的是，我跟心蕊早就認識超過二十年了，為什麼還要送出交友邀請？

我更不懂的是，如果我跟其他二十四位同學在臉書上的關係是朋友，那為什麼不邀她？

「妳買新家？什麼時候？」我刻意跳過尷尬的問候，甚至連「妳是心蕊嗎？」都沒問。

而且我不明白我的尷尬從何而來。

「就一個多月前，再過一陣子就可以交屋了。」她的聲音聽起來是輕鬆的，反而我刻意想輕鬆應對，卻顯得有些多餘。

「買在哪裡？」

「新竹耶，你做不做外縣市的生意？」

「有生意幹嘛不做？只是，妳本來不是在台北嗎？」

「你怎麼知道我在台北？」

「呃……就……臉書有告訴我。」

「喔……對啊，本來在台北。」

「那怎麼房子買在新竹？」

「因為換了個工作，公司在新竹。」

「喔！是這樣啊。」

「你咖啡館還在嗎？」

「咖啡館，在啊！」

「真的啊！那開好久了喔！」

「對啊，〇七年到現在，都十一年了。」

「時間過好快喔。」

「真的，老了，我現在完全追不上我兒子。」

「你兒子？啊對，我在臉書上有看到你們的照片，他現在多大了？」
「九歲了。」
「有小的嗎？」
「沒有，就一個兒子，心怡生完他之後就進了科技大廠工作，沒多久就派駐國外，兩個月才回來一次，沒什麼機會有第二個。」
「喔對，我有聽說，只是不知道她一直在國外。」
「她大概再兩個星期就回來了，妳可以約她去喝咖啡，兩人聚一聚，而且她也在新竹。」
「真的假的？」
「真的，只是她回來的時間不長，妳可能得提前跟她約。」
「喔……咳……」她輕咳了一聲，「嗯……好啊。」她說。
好啊。她說好啊。
但我知道，這個好啊，其實是拒絕。
「不如我們來談點正事？」我用更輕鬆的語氣把話題拉回裝潢，剛剛好像聊到有點沉。
「好啊。」
「妳房子在哪裡？幾坪？」
「新竹市中心，權狀二十六．四五坪。」

「新屋嗎？」

「中古屋。」

「幾年的房子？」

「大概七年。」

「幾樓？」

「十一樓。」

「十一啊……小綠也喜歡十一這個數字。」

「嗯……是啊，我也記得。」

「那我什麼時候方便去拍照跟丈量尺寸，我們順便聊一聊妳想要的風格。或是妳有準備一些裝潢雜誌，也都可以拿給我看。」

「週末都可以。」

「那就下星期好嗎？」

「好。」

「妳的電話就是來電顯示的這個？」

「對啊，還好我有找到你的名片，不然我不知道怎麼找你。」

「其實妳應該知道臉書上一定找得到我。」

「呃……嗯，我知道，只是……」

「只是？」

「只是不知道為什麼，我一直沒勇氣送出交友邀請給你。」

「這樣啊，我也沒送出邀請給妳啊，沒關係啦，現在有電話了。」

「阿智……」

「嗯？」

「你會去看小綠嗎？」

「會啊，每年都去，有時候一年看兩、三次。」

「如果不麻煩的話，下次可以約我嗎？」

「為什麼？」

「以前不太方便，現在可以去見他了。」

「什麼意思？」

「呃……我離婚了。」她難堪的語氣直接穿過話筒，射進我的耳朵裡。

喔。這聲喔是說在心裡的。

電話中我沒有發出任何聲音。

「我可以問是什麼時候嗎？」

「去年底。」
「喔，了解。」
「所以，麻煩你下次要去見小綠的話，請找我一起。」
「喔，好啊。」
「可以的話，也帶心怡一起來，好嗎？我好久沒看到她了。」
「這我得問問她，而且我也一樣好久沒看到她了。」
「她這次出差比較久嗎？」
「不，我們也離婚了。」
「不會吧！真的嗎？」
我聽到她在電話那頭倒吸一口氣。
「真的啊。」
「為什麼？怎麼會？」
「因為我們聚少離多啊，就像妳跟小綠一樣。」
「……」
「不好意思啊心蕊，我沒別的意思。」
「阿智，沒關係。那你們分開了，小孩呢？」

「在我這邊，她回台灣的時候就接走幾天。」
「對不起，我不是故……」
「沒事啦，跟妳沒關係。」
「那……就等你要過來的時候聯絡？」
「好啊，到時見。」
「拜拜，阿智。」
「拜拜，心蕊。」
掛上電話之後，我站在原地陷入一陣長考。
思緒有些混亂，但混亂中看到一個方向。
我抄下了來電號碼，在號碼旁邊寫上「新竹市、李心蕊小姐、七年屋、大樓十一樓，約下週六現場丈量。」然後拿給我的助理，請她把這張紙交給外頭那個才剛畢業兩年的小夥子。
那小夥子拿了紙一看，轉頭看著在辦公室裡的我，笑咧了嘴，一直點頭用唇語說謝謝。我知道這小夥子有潛力，我該多多栽培他。
那當下我終於知道為什麼我沒有在臉書上給心蕊送出交友邀請了。
因為我跟她的連結，在小綠死了的時候，也一起死了。

再見，小綠

二〇二二年五月三十一日，早上十點半，我來到小綠住了二十五年的地方，金寶山。

應該是巧合，巧到我想寫一篇日記記錄下來，今天。

或許這不該叫日記，而該叫回憶。

就在搭車來到金寶山，剛下車的那一秒鐘，臉書推播了一則訊息，點開來看，它跳出了五年前的一張回顧照片，是小綠的。

五年前的今天，半夜一點，先生載著我在內湖找到一間願意替小綠急救的動物醫院，即使我跟先生都心裡有數，小綠的日子不長了。在那之前，小綠就已經因為腎衰竭而不吃不喝好幾天，伴隨著嘔吐和拉肚子，那陣子牠總是趴在睡窩裡，幾乎不曾移動。

醫生看了看小綠的狀況後說，我們可以選擇讓牠安樂死，或是帶回家讓牠在熟悉的環境下離開，醫生沒有比較推薦哪一個方案，但當我看見小綠的眼睛時，我決定把牠帶回家。

「牠想回家，老公，我看得出來牠想回家，我們把牠帶回家。」我忍著眼淚，拉著我先生說。

醫生好意提議要為牠打一針緩和病痛的藥物，在準備針劑的時候，我拿起手機，拍下了小綠躺在診療台上的照片。照片中，牠兩眼無神地看著前方，呼吸也定格了，如同當時牠那久久才呼息一次的頻率。

當晚我在客廳陪著小綠到凌晨四點，牠就躺在睡窩裡，沉沉地睡著。

我進房間拿了棉被和枕頭，決定睡在沙發上，陪著牠。睡著之前，我還去摸摸牠，「小綠啊，媽媽也要睡了，如果你不舒服的話，記得叫媽媽。」摸著牠柔軟的橙色長毛，我強忍著哽咽。

我在早上約九點鐘醒過來，睡窩裡看不見小綠，一轉頭，看見牠靠在落地窗台上，已經沒有心跳。

睡窩離陽台大概有四公尺，我想對重病的牠來說，那是一段不短的路程，我不知道牠為什麼要選擇靠著窗台離開，但我想牠半夜自己孤獨走那四米路，一定花了不少力氣。

牠沒有選擇來打擾我，或是再喵叫幾聲跟我道別。

牠就這樣靜靜地走了……

像二十五年前的闕閔綠。

臉書這條回顧扎扎實實地把我拉進一個黑洞，我感覺像搭著火車進了隧道，黑暗中，窗戶上映出一幕幕往事，像電影一樣播放。

先是二〇一七年底，我跟先生協議離婚，並非誰對不起誰，也沒有什麼個性不合，或是夫妻關係惡化，而是我們彼此知道婚姻關係不是我們適合的，一直以來，我們的相處都是平平靜靜的，就算吵架，我們也只是靜默不語，然後隔天當忘了一樣一如往常。

簽字那天，他約我在我們第一次約會吃飯的餐廳，吃彼此還是夫妻關係的最後一次晚餐，他說那叫有始有終，我笑而不語。

「妳這笑寓意很深啊。」每次我笑而不語，他總是會這樣說。

我在三十歲那年認識他，一場混合了一些不認識的人的飯局裡，他是公司同事的朋友，小我三歲，像是個弟弟。

他幽默風趣、體貼懂事，一些成熟的待人處事觀念會讓人忘記他年紀比我小。

「妳叫心蕊，對吧？李心蕊？」

「對，十分鐘前你問過一次，還好你沒忘記。」

「美女的名字，我比較不會忘記。」

「那你怎麼稱呼？」

「叫我阿閔就好，門文閔，阿閔。」他說。

我知道當下我的表情一定是變了，而細心的他看了出來。

「怎麼了？我的名字讓妳想起什麼嗎？」

我搖搖頭，笑而不語。

「哇……妳這笑寓意很深啊。」

是的，阿閔，你的名字讓我想起了什麼。

想起了一個人。

後來我的生日，同事替我搞了個派對，在KTV，十二點整，在同事們的拉炮聲中，他拿著一把小提琴走進包廂，演奏了生日快樂歌，然後撕開他的襯衫，胸前用奇異筆寫著「心蕊生日快樂」。

酒間我問他，小提琴是幾歲的時候開始學的？他說四天前。

為了我的生日，他去跟朋友借琴學藝，用四天的時間，硬是把生日快樂歌練起來。我把他的手指拉過來看，按弦的指尖掛著好幾條還沒癒合的傷口，剛剛的生日快樂表演又讓他開始流血。

「心蕊，妳有男朋友嗎？」他問我。

我搖搖頭。

「分手多久了？」

「十年了。」

他驚訝得瞪大眼睛，「妳十年沒交男朋友？」

我點點頭。

「怎麼可能？這十年間沒人追妳嗎？」

「有，但……」

「但？」

「但我心裡一直有個人，所以我沒辦法……」

「是前男友嗎？」

「是前男友，也是最好的朋友。」

「他真是個幸運的人，讓妳分手十年了依然忘不了他。」

「不，你不懂……」我說，然後拿起酒杯，「幸運的人是我……」說完，我一飲而盡。

那天晚上我喝多了，但依然意識清楚，他送我回家時，莫名地在背誦我家地址。

「〇〇東路三十五巷二號，電梯公寓，幾樓啊？」

「你記我家地址幹嘛？」

「我要記得啊，不然怎麼來載妳去吃飯？」

「我們並沒有約吃飯。」

「相信我，很快就會約了。」

「喔，是嗎？」

「我跟妳說，妳真的很特別，十年忘不掉一個男人，我很欣賞妳。」接著他主動拉起我的手，「妳的下一個十年讓我陪妳吧，做什麼都可以，陪妳一起記得他也可以。」他說。

我把手慢慢抽回來，笑而不語。

「哇……妳這笑寓意很深啊。」

「那是因為對我來說，你是個陌生人，就算我們剛剛喝了一整晚的酒，我們依然陌生。」

「那過去那些要追妳卻被妳拒絕的男人呢？他們對妳來說也一樣陌生嗎？」

「有些是，有些不是。但你算是比較特別的那一個。」

「怎麼說？」

「過去追我的那些甲乙丙，每一個都告訴我，有信心能讓我忘記他，只有你說要陪著我記得他。」

「不只陪妳記得他，我甚至想認識他，我想知道他到底是多優秀的人，能讓妳十年不忘。」

我再次笑而不語。

「哇……妳每一次這樣笑都寓意很深啊。」

「晚安了，陌生人。」

「我們不陌生了心蕊，我叫阿閔，請妳記住。」

「晚安了，阿閔。」

「應該說早安了，心蕊。」他指了指天空，我才發現天已魚肚白了。

「那……早安了，阿閔。」

「嗯，再見了，心蕊。」

「再見。」

我關上公寓大門，走上幾階樓梯要去按電梯，但可能是因為喝茫了的關係，我並沒有發現門沒關緊。

結果他又推開門，「早安！心蕊！我可以請妳吃早餐嗎？」他大聲地說。

三秒鐘後，我們都笑了。

那天我們手牽手去吃早餐，是他牽我的，而我沒有再把手收回來。

一年後我們結婚了，在日本度蜜月的第一天晚上，我們在一家非常有名的燒肉店吃飯，他一邊煎著松阪豬一邊問我：「那天妳為什麼會答應跟我交往？」

「我其實只是沒把被你牽住的手收回來，我並沒有答應跟你交往。」

「妳的意思是，這一年多來，我們都只是朋友，然後突然就結婚了，是嗎？」

「當然不是，我忘了是什麼時候開始喜歡你的了。」

「那喜歡我的原因是?」

我低頭吃肉,笑而不答。

「欸,這次不讓妳笑著跳過去了,請把妳的寓意深遠說出來。」

我抬起頭,看著他的眼睛。

「你的存在,就是我喜歡你的原因。」

這句話,是我從一本書裡看到的,莫名記了起來,沒想到現在用得上。

他聽完,愣了幾秒鐘,然後笑了。

「阿閔,你這笑也寓意深遠。」

「是嗎?原來被說這句話是這個感覺啊……沒錯,寓意深遠,就是我會把妳剛剛那句話藏在心裡最深的角落,然後陪妳一起走到很遠很遠的地方。」

聽完,換我笑而不語了。

阿閔,你就是這樣的,你從來不覺得講這種有點肉麻的話有什麼奇怪。

只是你永遠不會知道,如果不是你名字中有和他一樣的閔字,我可能不會多看你幾眼……

我們就會,擦身而過了。

黑洞裡的電影繼續播映著。

像是重新把我人生中重要的關鍵部分再演一次給我看一樣。

將近十年的婚姻，其實沒什麼跌宕起伏，我們順順利利、平平安安地過了這幾千個日子，中間的爭吵不多，時而冷戰，即便最後分居了那幾個月，我們還是偶爾會相約吃飯看電影。

那為什麼分居？因為孩子。

十年來，我們沒有孩子。

他很樂意有個小孩，我也沒有排斥，一切就讓它順其自然。

只是有人在等著，他的父母、我的父母。從滿懷期待，到常給鼓勵，到偶爾問候，到全然不提。這些變化像春天一路走到冬天，冷暖我自知。

阿閔心態很健康，他拉著我一起去做受孕檢查，當他拿到那個傳說中收集精子的小罐罐時，還很興奮地拿來給我看。

「心蕊，妳看，這就是傳說中的小罐罐！」

「對它好一點，它現在是你的希望。」

「好！我握著它，好好保護！我現在去……去……那個……」他比出自慰的手勢，「祝我好運！」然後轉身邁大步離開，離開的時候我還聽見他自言自語著，「奇怪，不過就是打個手槍，為什麼我會緊張？」

檢查結果出來，問題在我。

接下來公婆的冷言冷語、自己父母的態度轉變，我一次一次承受著，我從不曾反駁，也不曾為此掉淚，因為讓我心痛的是阿閔的沉默。

我不怪他，我知道他想要孩子，我懂他身為獨子的壓力，卻娶了一個沒有生育能力的女人，我從他每天回家後坐在沙發上無神的眼睛裡，看見他的無奈。

我跟他提過離婚，讓他快去找一個可以為他傳宗接代的女人，他沒有接受這個提議，但他也沒有辦法改變我在雙方家裡遭受到的歧視。

日子愈過愈奇怪。

當我們逛街時，會刻意跳過賣嬰兒用品及童裝的樓層；我們一起去跑步運動時，不會選擇有孩童在遊戲的公園；朋友相約出遊，只要有孩子要同行，他就會找理由拒絕，毫不猶豫。

直到事情演變到我們連看見電視奶粉廣告的小嬰兒，都會對視一眼之後陷入沉默，我就知道這個問題已經擴大到連我們的愛也解決不了的地步了。

「分居吧，好嗎？」我說。

一天夜裡，好晚好晚了，我們躺在床上，知道彼此都沒有入睡。

因為那天婆婆帶了半隻烤鴨來給阿閔，在我家坐了一個小時……

沒有跟我說一句話。

我所有對她的問候，都飄向空氣。

「為什麼要分居？」

「為了適應以後沒有對方的日子。」

「妳能適應嗎？」

「檢查出我不孕那天，我就在適應了。」

他沒說話，靜了好一陣子。

「好。」他回答。

「嗯，我搬出去，我明天去找房子。」

「妳一個女人搬什麼搬？應該是我搬……」

我打斷他的話，「房子是你家人買的，我搬才對。」

「妳要嘛讓我搬，不然我不答應分居。」

說完，他扭頭就睡，剩我一個人留在漆黑裡等待天亮。

隔天，我找了房子，迅速下訂。我知道他後天出差，我有機會可以離開。

搬走後兩天，我接到他出差回來的電話。

「我就知道妳會來這招。」他竟是笑著說的。

「沒道理讓你搬的，阿閔。」

「妳住哪裡？我去載妳，我們去吃飯。」

「先生，我們才剛分居……」

「誰說分居不能一起吃飯？」

「還記得我們為什麼分居嗎？」

「因為長輩的態度和壓力。」

「不，不是，是為了適應沒有對方的日子。」

他長嘆了一口氣，我甚至能知道他當下的表情。

「妳好像適應得很好。」

「不好，但我必須適應。」

「我可以後悔分居嗎？」

「你該後悔的應該是娶了我。」

「娶妳我沒後悔過。」

「我知道，所以我才說你應該要後悔。」

「我們還沒離婚喔心蕊，我怎麼感覺妳硬生生在把我推開？」

「相信我，如果我能生出你的孩子，我不但不會推開你，我會緊緊地抱著你。」

那天是我被檢查出不孕之後第一次掉淚，我不知道我是為了不孕，還是為了父母公婆的不悅，還是我即將再次失去我愛的人。

其實我跟小綠聊過結婚、聊過生孩子，在我們第一次做愛之後。

那是我的第一次，也是他的。

我還記得他發抖的手從書包裡拿出保險套時那個表情，還有他說的那句話，「這……我沒用過……怎麼用？」

那年，我們十九歲。

做愛之後，擁抱，裹著棉被，靠在彼此身上，鼻間瀰漫的是剛洗完澡的沐浴乳香味，還有剛剛擁吻時初識的鼻息，會聊的內容多半甜蜜而幼稚，像一般情侶一樣，在初次把身體給了一個人之後，就開始做著成家的夢。

小綠是天真、純潔、執拗的。

在他的世界裡，會轉彎的觀念不多。

他說過，愛情、親情跟友情，如果一定要放棄一個，他會先放棄友情。

原因很簡單，「因為是朋友，所以一定會體諒我。」他說。

所以當我從他的朋友，變成他的女朋友，那是一種加冕、一種晉升，一種高於蕭柏智，與他的母親並列的地位。

而在他死後我才知道，他把自己擺在最後一位。

把所有他放進心裡的人來個重要程度的順序排列，每個人都比他重要，最後才是他自己。

「妳願意嫁給我嗎？」那天，小綠這樣問我。

「我們才十九歲，小綠。」

「妳不要想這麼多、這麼理性，妳只要照現在的感覺回答我就好。」

「我願意。」

「那妳覺得我們第一個小孩會是男生還是女生？」

「你喜歡男生還是女生？」

「我都喜歡！」

「不行，你要選一個。」

「那我選男生好了。」

「為什麼不選女生？」

「因為我只愛妳一個女生。」

「哈哈哈哈哈，」我邊笑邊自他的懷抱起身，「你怎麼會這樣想？那是你女兒耶！」

「妳不會吃女兒的醋嗎？」

「我幹嘛吃女兒的醋？」

「好，那我要女兒。」

「你這樣就可以把兒子拋棄喔？」

「不然妳要我怎樣？那我要一個兒子一個女兒……啊不，各兩個好了。」

「你當我豬喔？是要生幾個？」

「生到妳生不出來啊。」

「哈哈哈哈哈，好了，不要再聊這個了，講得好像我們已經是夫妻了一樣。」

「所以妳願意嫁給我嗎？」

「我剛剛回答了，我願意啊。」

「那我們明年去結婚！」

「明年我們才二十歲，才大二。」

「那我們畢業去結婚！」

「畢業才二十二歲，而且你要當兵。」

「那我退伍我們去結婚！」

「退伍你才二十四歲，你還沒工作存錢，怎麼結婚？」

「那我找到工作就結婚？」

「你為什麼滿腦子都是結婚？」

「因為我很愛妳。」

「小綠，」我親了他一下，帶著撒嬌的語氣，「你理性一點，我們聊這個太早了，如果我們真的走到那天，說不定是我逼你娶我呢，對吧？」

「那妳為什麼滿腦子都是理性？啊……會不會是妳名字裡太多心的關係，妳可以分很多心去想很多事情……」

「你又要叫我李艸了嗎？」

「不，我要叫妳李心。」

「嗄？」

「妳考慮一下，改名叫李心，讓妳留一顆心，只有一顆心。」

說完，他笑著拿出第二個保險套。

「我已經會用了……」他說，接著把我撲倒。

然後二十多年過去了，我還是時常有錯覺，像是聞到這天的沐浴乳香味、感覺到他吻我時的鼻息和他進入我身體時的溫度，還會回憶起我們一起洗澡時他眼睛進水的樣子。

小綠，我想念你，好久好久了。

他被警察找到的那天，是他失聯後的第三天。

海邊，風鹹鹹的，淚也是。

心怡抱著痛哭失聲的我，阿智呆站在他浮腫的屍體旁邊，就盯著他看，盯著他看，一句話也沒說。

骨灰罈上小綠的照片依然是一副年少的樣子，他就這樣把自己留在二十五年前了。其實很難相信二十五年就這樣過去了，明明失去他的痛苦時常很鮮明而深刻地在我心裡隱隱作痛。

二十五年後，我已經是個四十五歲的中年女性，站在他的罈前看著他，感覺像是一個母親，來看她逝去已久的孩子。

孩子，心怡也用了這兩個字形容小綠，還有她的阿智。

「他們兩個都是長不大的孩子，我高中的時候就知道了，而且我更知道其中一個不只長不大，行為舉止都徹底表現出他就是個低能兒，但奇怪的是，我竟然就嫁給這個低能兒，妳應該可以想像吧？他現在已經超過四十歲了，兒子都上小學了，他還是很幼稚。」心怡說。

是的心怡，我可以想像，阿智就是一個不會長大的男人。

如果小綠還在，我想他應該也差不多的。

二〇一八年，我委託阿智替我設計我在新竹的新家，後來來了一個年輕的設計師，我問他，老闆為什麼沒來，他的回答很妙：「這 case 太小，老闆說交給我就夠了。」其實那當下我就知道，阿智在避免跟我見面。

裝潢好了之後，我接到心怡從國外打來的電話，她說等她回國之後要來新竹找我。

「心蕊，我一定會買一堆酒去找妳，我們來喝到天亮。」

「歡迎，我等妳。」

幾個月後，她回國了，在機場她就line我，說幾天後見。

一天下班後，一輛BMW停在社區門口對我閃大燈，我停下一看，副駕駛座走下來一個熟悉的身影，是心怡。

好多好多年過去了，儘管她生了個孩子，但身材依然高䠷窈窕。

我才剛想打招呼，BMW就發動駛離，阿智搖下車窗看了我一眼，微笑點點頭，很快的，車子就消失在轉角。

「嗨，心怡！」緊緊地擁抱過後，「阿智為什麼不一起來？」我問。

「他要去竹南看工地。今天我們喝到開心為止！」她說。

一陣酒酣之後，我們歪斜地躺在沙發上靠著彼此。

「哇！我們多久沒見了？十五年？二十年？」心怡扳著手指，數著問。

「不要算了，太久了。」

「為什麼我們會這麼久沒見？我記得我有打電話給妳，妳為什麼不回我？」

「心怡，妳知道的，小綠下葬之後，我從阿智的眼神裡讀到他不歡迎我的訊息，那時我就知道，他無法原諒我……」

「妳理他幹嘛？妳就不要理他就好了。」

「我沒辦法……」

「為什麼？」

「因為我也無法原諒我自己。」

「……」

「我相信當時妳心裡也是一樣的，認為是我害死了小綠，對吧？」

「……對，當時，有一陣子。」

「所以妳應該知道阿智為什麼恨我。」

「就算有，他也早就不恨妳了。」

「是嗎？」

「是，就在小綠的面前，他看著小綠的照片，自言自語地說。」

「他怎麼說？」

「他說，小綠，你選擇留在二十歲那年，不跟我們一起變老，所以你看不見我現在的樣子，看不見依然很恰北北的心怡、應該叫你乾爸爸的我兒子、你放不下心的阿嬤，和你最愛的心蕊……妳看！」

「看什麼？」

「他把妳算進去了，如果他還恨妳，他不會說的。」

「是這樣嗎？」

「是，沒錯，」心怡拍拍我的肩膀，「相信我，我當他女友十年，跟他結婚又十年，我絕對是全世界最了解他的人，即使離婚了，我還是一樣了解他，他光是眼神稍微瞥一下，我都知道他要幹嘛。」

「既然這麼熟悉彼此，為什麼要離婚？」

「我們就是聚少離多嘛，走到後來都不知道怎麼維繫感情，妳想想，我一趟出差就是三、五個月，回來至少應該小別勝新婚地親熱一下不是嗎？但我們卻是這個也能吵，那個也能嫌，到處看對方不順眼，後來就乾脆不講話了，等到下次又要出差了，送我去機場的路上，才聽到他對我說一句出門在外小心安全。」

「你們……是不愛了嗎？」

「心蕊，我們都什麼年紀了，不是有愛就一切都沒問題的。再也不是像以前十九、二十歲的時候一樣，覺得有愛就好，有愛就能解決所有障礙。」

聽完心怡的話，我陷入沉思。

沒幾秒鐘後，從她的口中，迎來我逃避了二十幾年，從來沒對任何人講清楚的問題。

「當年，妳跟那個學長之間……好啦我就直接問了，妳有對不起小綠嗎？」心怡看著我的眼睛，她想知道答案的企圖像是一條細長的內視鏡，穿過我的瞳孔，往我靈魂深處鑽進去。

心怡，沒有，當年我沒有對不起小綠。

儘管沒有人相信，儘管小綠問我的時候，我也沒有解釋什麼。

因為那當下我就是被學長載回學校，被小綠跟阿智遇見，我再怎麼解釋都是多餘。

我知道學長對我有情愫，我也知道當時身邊所有的人都以為我們會在一起，即使我告訴所有人我已經有男友，他叫關閔綠，他在高雄念書，而我在台北，我們分隔兩地。

我甚至拿過照片給他們看。

但當我離開小綠身邊，有一種叫作「長大」的東西，就像一隻無形的手一樣，持續推著我向前，我才開始慢慢發現，如果長大是一條大家都會走的路，那理當陪著我同行的小綠，已經開始落後了。

簡單說，我在大學生活中選擇好好認識這個世界，他在大學生活中選擇只待在我的世界。

「妳知道我們十七天沒見面了嗎？」他說。

「妳知道我準備了禮物要給妳嗎？」他說。

「我要見妳一面好像變得很困難。」他說。

「所以這次又沒空理我囉？」他說。

我們南北分隔的日子，他像個寫好程式且不能被更改的機器人，每通電話裡都是這樣的對白，而我每天都像個大姊姊一樣要哄他開心，但沒人知道他的愛其實讓我有些喘不過氣。

我承認這樣有壓力的感情和這樣的相處模式讓我想逃，但我並沒有放棄。

我很常思考要如何跟小綠溝通這個問題，甚至不免開始考慮，如果溝通失敗，是不是要忍痛提出分手？

學長巧合地在這時踩進我的世界，即使我並沒有要接受他。

我在學長家的那一夜，就是他把貓送我的那天。

他說有東西要交給我，但那東西不方便帶來帶去，要我去他家拿。我半信半疑地到了他家，心裡打定主意，如果他騙我，我立刻就翻臉離開。

但當我看到是小綠，我驚訝著他為什麼會把牠買下。

「那次社團一起去逛夜市，經過寵物店，妳停下來看了好久，我問妳在看什麼，妳指著這隻摺耳貓說，『那是我跟我男友要一起買的貓。』」

「那你幹嘛買？」

「因為我想當妳男友。」

「學長，你這麼做我很感激，但說真的，我並不會高興，相反的，我還滿不高興的。」

「對不起，我只是希望妳開心，妳應該知道我很喜歡妳。」

「我知道，但我有男友，我喜歡的是我的男友，不是你。」

「該死，我又喜歡上有男友的女生，為什麼我喜歡的女生總是有男友？」

學長說完，嗤鼻笑了一聲，走到他的小冰箱前，拿出兩瓶啤酒。

「妳拒絕我，沒關係，那……至少陪我喝完這些妳再走，可以嗎？」

「我不喝了，你喝完，我就走。」

接下來就是他一連串的告白，苦口婆心地勸我考慮跟他相處看看、勸我給他一些時間、勸我接受他。因為他喝了酒的關係，說話有時不清不楚，有時聲音忽大忽小，有時像在生氣，有時又靜靜地掉眼淚，我怕我當時說要離開，他會有傷害我的舉動，於是我耐著性子一直等，等到學長睡著，我看見窗外已經天亮，我眼皮一重，靠着桌子睡著了。

直到小綠的喵叫聲把我驚醒，牆上的時鐘時針已經指到九點十分。

我的右手一陣痠麻，我壓著它太久了。

「學長，我要走了。」

他被我叫醒，「……好，我載妳回去。」

「不用了，你休息，我去搭計程車就好……」

話還沒說完，他用力地拉住我的手，我嚇了好大一跳。

「我說，我載妳回去。」

「好……」我慢慢掙脫他的手，「那我先去外面等你……」

我承認，那天我走出學長家，在他住處樓下，我等了五分鐘，其實我是有機會直接招了計程車就離開的，那就不會發生後面所有的事，小綠可能就不會死了。

那五分鐘裡，我看著一半陰天一半晴天的台北天空……我超級想念小綠的。

我想，小綠看見我被學長載回宿舍門口時，他並沒有發現我臉上因為見到思念的他而閃過的笑意吧，因為我從他的眼睛裡，讀到的是痛苦的失望。

我沒想到，小綠竟然把我想開咖啡館的心願告訴阿智；我更沒想到，阿智竟會在他死後十年完成了這個心願。

那應該是我自己要開的咖啡館，小綠讓阿智完成了。

而我瞎忙了半輩子，別說咖啡館，連一台咖啡機都沒擁有過。

知道阿智開了咖啡館，是從臉書看見的。

同班同學在六弄咖啡館打了卡，並且跟阿智心怡合照，貼文tag了好多同學的名字，但沒有我的，貼文上面寫著「二〇一二年，六弄咖啡館五週年慶」。

當時我心想，阿智咖啡館開五年了，我還沒去過。

這輩子，我有機會去嗎？或者應該問，我能去嗎？

我知道為什麼我會這麼想，我雖然難過，但坦然接受。

然後，十五年過了，二〇二二年五月二十七日，下午四點四十一分，我第一次來到六弄咖啡館。梅雨連下了好幾天，卻在我走進咖啡館時透出了一些陽光。

我沒看見阿智，而心怡人在國外，自然是不會出現的。

我點了杯不太甜的卡布其諾，找了個角落的位置坐下。我眼睛掃視著整間店的風格，還有設計巧思，我發現阿智在某些柱子、櫃子、窗角或設備邊框之類的地方，都小小點綴著一小塊綠色的色塊，這些綠色小色塊讓整間店在文青混合工業風當中透出一些活潑的氣息。

我可以想像阿智會怎麼跟我介紹這個概念，「就像他一直都在一樣，只是躲在不起眼的地方，但妳瞥眼都能看見他。」我想阿智會這麼說。

後來我在櫥窗裡發現小綠寫的那張六弄人生，心裡一陣酸楚往鼻腔衝刺，我壓抑著情緒，卻還是滴下眼淚。

我收拾情緒，抹去眼淚，拿了包包走向櫃檯買單。

櫃檯的女孩看著我，問了一個問題：「請問，妳是李心蕊小姐嗎？」

「我是，妳怎麼知道？」

「我們店裡每個人都知道，不管早晚班，老闆說，記住妳比記菜單還重要。」

接著她從抽屜裡拿出一張邊角已經泛黃的照片，上面是阿智、小綠、心怡還有我的合照。

「妳老闆要你們看照片記住我？」

「對，他說妳總有一天一定會來，要我們一定不能讓妳買單。」

「不，這不行，請妳告訴你們蕭老闆，我沒送開幕花圈來已經很失禮了，咖啡不能再讓他請客。」

「我們真的不能，也不會跟妳收錢，請李小姐不要為難我們。」

看著這女孩堅定的眼神，我心裡驚訝著阿智竟然把員工訓練得這麼好，用眼神就能說服顧客。

「李小姐，還有一件事。」

「什麼事？」

「老闆說，這是要交給妳的。」

女孩拿出一封已經好舊的信，那信封和信紙的痕跡像是被拿出來看過幾百次一樣，上面是我熟悉的小綠的字，寫著「蕭柏智收」。

「但這上面，是妳老闆的名字。」

「老闆說，這其實是要給妳的信，他只是代收了十幾年而已。」

我拿著信，走出咖啡館，走了一小段路，拐進一條窄窄的防火巷裡，平復了暗潮洶湧的情緒之後，把信打開，一字一心跳地讀下去。

李心蕊說過，如果可以擁有一間咖啡館，那是多美好的事啊。你能幫我開一間嗎？開在哪裡都沒關係，只要別賣太甜的卡布其諾就好。

看到這裡，我崩潰地靠在牆上，泣不成聲。

再見，小綠。

人生對你六弄，而你只是我的一弄，也是唯一的一弄。

但這一弄，將使我帶著失去你的遺憾，持續到人生的最終。

國家圖書館出版品預行編目資料

六弄咖啡館／吳子雲著. -- 四版. -- 臺北市：
商周出版, 城邦文化事業股份有限公司出版；英屬蓋曼群島商家庭傳媒股份有限公司城邦分公司發行, 民111.07
面： 公分. --（網路小說；101）

ISBN 978-626-318-336-0（平裝）

863.57　　　　111009029

六弄咖啡館

作　　者／吳子雲
企畫選書人／楊如玉
責任編輯／楊如玉

版　　權／吳亭儀
行銷業務／周丹蘋、賴正祐
總 經 理／彭之琬
事業群總經理／黃淑貞
發 行 人／何飛鵬
法律顧問／元禾法律事務所　王子文律師
出　　版／商周出版
城邦文化事業股份有限公司
台北市民生東路二段 141 號 9 樓
電話：(02) 25007008　傳真：(02) 25007759
E-mail：bwp.service@cite.com.tw
發　　行／英屬蓋曼群島商家庭傳媒股份有限公司城邦分公司
台北市民生東路二段 141 號B1
書虫客服服務專線：(02) 25007718、(02) 25007719
服務時間：週一至週五上午09:30-12:00；下午13:30-17:00
24 小時傳真專線：(02) 25001990、(02) 25001991
劃撥帳號：19863813；戶名：書虫股份有限公司
讀者服務信箱：service@readingclub.com.tw
城邦讀書花園：www.cite.com.tw
香港發行所／城邦（香港）出版集團有限公司
香港灣仔駱克道193號東超商業中心1樓
E-mail：hkcite@biznetvigator.com
電話：(852)25086231　傳真：(852) 25789337
馬新發行所／城邦（馬新）出版集團【Cité (M) Sdn. Bhd.】
41, Jalan Radin Anum, Bandar Baru Sri Petaling,
57000 Kuala Lumpur, Malaysia.
Tel: (603) 90578822　Fax:(603) 90576622
email:cite@cite.com.my

封面設計／周家瑤
版型設計／小題大作
排　　版／新鑫電腦排版工作室、小題大作
印　　刷／高典印刷有限公司
經 銷 商／聯合發行股份有限公司
地址：新北市新店區寶橋路235巷6弄6號2樓
電話：(02) 2917-8022　傳真：(02) 2911-0053

■ 2007 年 9 月 3 日初版　　Printed in Taiwan
■ 2022 年 7 月 1 日四版

定價350元

城邦讀書花園 www.cite.com.tw

　ISBN 978-626-318-336-0

商周出版

廣 告 回 函
北區郵政管理登記證
台北廣字第000791號
郵資已付，免貼郵票

104台北市民生東路二段141號B1

英屬蓋曼群島商家庭傳媒股份有限公司　城邦分公司

請沿虛線對摺，謝謝！

商周出版

書號：BX4101Y　**書名：**六弄咖啡館　**編碼：**

請於此處用膠水黏貼

商周出版

讀者回函卡

線上版讀者回函卡

感謝您購買我們出版的書籍！請費心填寫此回函卡，我們將不定期寄上城邦集團最新的出版訊息。

姓名：＿＿＿＿＿＿＿＿＿＿＿＿＿＿＿＿＿＿ 性別：□男 □女

生日：西元＿＿＿＿＿＿年＿＿＿＿＿＿月＿＿＿＿＿＿日

地址：＿＿＿＿＿＿＿＿＿＿＿＿＿＿＿＿＿＿＿＿＿＿＿＿

聯絡電話：＿＿＿＿＿＿＿＿＿＿＿＿ 傳真：＿＿＿＿＿＿＿＿＿＿

E-mail ：

學歷：□ 1. 小學 □ 2. 國中 □ 3. 高中 □ 4. 大學 □ 5. 研究所以上

職業：□ 1. 學生 □ 2. 軍公教 □ 3. 服務 □ 4. 金融 □ 5. 製造 □ 6. 資訊

□ 7. 傳播 □ 8. 自由業 □ 9. 農漁牧 □ 10. 家管 □ 11. 退休

□ 12. 其他＿＿＿＿＿＿＿＿＿＿＿＿＿＿＿＿＿＿＿＿

您從何種方式得知本書消息？

□ 1. 書店 □ 2. 網路 □ 3. 報紙 □ 4. 雜誌 □ 5. 廣播 □ 6. 電視

□ 7. 親友推薦 □ 8. 其他＿＿＿＿＿＿＿＿＿＿＿＿＿＿

您通常以何種方式購書？

□ 1. 書店 □ 2. 網路 □ 3. 傳真訂購 □ 4. 郵局劃撥 □ 5. 其他＿＿＿＿

您喜歡閱讀那些類別的書籍？

□ 1. 財經商業 □ 2. 自然科學 □ 3. 歷史 □ 4. 法律 □ 5. 文學

□ 6. 休閒旅遊 □ 7. 小說 □ 8. 人物傳記 □ 9. 生活、勵志 □ 10. 其他

對我們的建議：＿＿＿＿＿＿＿＿＿＿＿＿＿＿＿＿＿＿＿＿＿＿

＿＿＿＿＿＿＿＿＿＿＿＿＿＿＿＿＿＿＿＿＿＿＿＿＿＿＿＿

＿＿＿＿＿＿＿＿＿＿＿＿＿＿＿＿＿＿＿＿＿＿＿＿＿＿＿＿

【為提供訂購、行銷、客戶管理或其他合於營業登記項目或章程所定業務之目的，城邦出版人集團（即英屬蓋曼群島商家庭傳媒（股）公司城邦分公司、城邦文化事業（股）公司），於本集團之營運期間及地區內，將以電郵、傳真、電話、簡訊、郵寄或其他公告方式利用您提供之資料（資料類別：C001、C002、C003、C011 等）。利用對象除本集團外，亦可能包括相關服務的協力機構。如您有依個資法第三條或其他需服務之處，得致電本公司客服中心電話 02-25007718 請求協助。相關資料如為非必要項目，不提供亦不影響您的權益。】

1.C001 辨識個人者：如消費者之姓名、地址、電話、電子郵件等資訊。

2.C002 辨識財務者：如信用卡或轉帳帳戶資訊。

3.C003 政府資料中之辨識者：如身分證字號或護照號碼（外國人）。

4.C011 個人描述：如性別、國籍、出生年月日。

請於此處用膠水黏貼